关圣力散文精品集

Yintan
Yese

银滩夜色

关圣力 著

中国言实出版社

图书在版编目（CIP）数据

银滩夜色 / 关圣力著. -- 北京：中国言实出版社，
2018.9

ISBN 978-7-5171-2904-2

Ⅰ.①银… Ⅱ.①关… Ⅲ.①散文集－中国－当代
Ⅳ.①I267

中国版本图书馆CIP数据核字(2018)第196691号

责任编辑：史会美
责任校对：代青霞
责任印制：佟贵兆
封面设计：淡晓库

出版发行　**中国言实出版社**
　　　　地　址：北京市朝阳区北苑路180号加利大厦5号楼105室
　　　　邮　编：100101
　　　　编辑部：北京市海淀区北太平庄路甲1号
　　　　邮　编：100088
　　　　电　话：64924853（总编室）　64924716（发行部）
　　　　网　址：www.zgyscbs.cn
　　　　E-mail：zgyscbs@263.net
经　　销　新华书店
印　　刷　阳谷毕升印务有限公司
版　　次　2018年9月第1版　　2022年1月第2次印刷
规　　格　710毫米×1000毫米　1/16　12印张
字　　数　120千字
定　　价　40.80元　　ISBN 978-7-5171-2904-2

目录

contents

目 录
contents

上　篇

作家都是暴露狂

参加了一个座谈会，关于文学创作的话题，其实就是阐述下各自对文学的感悟，交流看法，联络情感，说说自己的写作计划或成绩。

我坐在会场一角，听大家热烈讨论，也独自思索，文学是怎么回事，作家是怎么回事。一个小想法，感觉挺好玩，回来就把它记下了。

其实，我常常这么想：生活是生命的体验，这是繁杂的过程，充满了喜怒哀乐。人们要在生命中经历成功的喜悦，遭遇坎坷的磨难，忍耐寂寞和孤独，品尝爱的美好和被抛弃时的痛苦。漫长时间里，每一个人都会在这个过程中煎熬。人们有时会充满自信，踌躇犹豫，也会好奇嫉妒。于是，看看另一个个体的存在状况，尤其是看看他们成功的经验，失败的缘由，个体隐私，等等，几乎是每个人的内心欲望。这种欲望，便是心理学说中所谓的"偷窥欲"。

比照哲学的概念，我们生活的空间，是矛盾体，没有任何单一的行为或事物独立存在。那么既然人有偷窥的欲望，一定也有暴露的欲望。如此才是矛盾的统一，"阅读"由此成为满足"心理偷窥"的最好捷径。它不动声色，无须选择作案时间地点和对象，没有被警察与好事者抓捕敲诈的危险，在文字的海洋里徜徉徘徊，除去精神或感官会被刺激、眼睛需要劳累外，绝对安全。

当然了，还有许多其他途径，一样能够满足人的偷窥欲，否则，像什么"偷听""偷看""偷拍""听床"等词语就不会存在了。眼下，还有什么"视频监测头""跟踪""窃听"等手段来对付大众。对于绝对多数的个体，阅读，是满足自己偷窥欲望的最好最便捷的选择。

而文字作品，或者说文学作品，则为满足人们这一内心里的私欲，提供了可能。作家也因此成为这一行为的另一部分个体。因为可以称为作家的这部分个体，不仅有"偷窥欲"，还有更加强烈的"暴露欲"。这里并不是说爱好写作的人都有随便脱衣解带的毛病，作家们靠的是思维与创作，凭借个人经验和道听途说来的事件，加以想象，丰富内容，揣摩读者的好奇心，依据自己的暴露偏好特征，进行创作，为读者推开一扇可

供偷窥生活的窗。

于是有揭露贪官污吏欺压百姓的作品，有写风花雪月男欢女爱的作品，有描写底层民众生活艰难的作品，有呼唤民主公平的作品，有宣扬人性道德的作品。还有更多的专为迎合某些更低级兴趣的直奔主题，展示风骚败德性情，絮絮叨叨无病呻吟的文字，或者胡乱编造、歌功颂德的连续的电视画面等东西。应该说，前一部分的作品，具有文学的高雅性，而后者则流于专事文字挑逗的低俗性。

说作家都是暴露狂，没有贬低作家们的意思，因为我也是其中一员。这里要这么给作家定位，是因为总有作家说，或者被人说，"作家是人类灵魂的工程师"。每一听到这话，我浑身都酸，要起鸡皮疙瘩。虽然有作家，许多作家喜欢被人这么恭维，并为此骄傲自大，以为只要一叫作家了，或写了几篇东西，就自以为是作家了，就了不起了。我是绝对不敢应下这个差事的。我老觉得，"作家"俩字，跟"工人""农民""士兵"等分类没什么区别，只是行当的代称而已。要是写写字就成了耶和华，这个世界就真是荒谬到了极点。再说了，作家们写出的东西，也并非都精彩，鱼龙混杂中，鱼还是占多数的。况且，鱼不是也得分个肥瘦大小嘛。所以，作家实在与"灵魂工程师"没一丁点联系。

按照我上述的分析，作家写作，仅仅是对生活的揭发，撕开自己或别人的经历，暴露一些读者感兴趣的东西而已。尤其是作家在写作中，无意识地流露出的自己的色情情绪，更能引起读者的阅读兴趣。这是因为，任何着力表现性爱在生活中的重要性的作品，都有色情倾向。若对性爱不感兴趣，那就无所谓文学了。不信的话，去读一读《神曲》《圣经》等作品，这些经典文学作品里，无不隐含着作家创作出的爱情故事。好的作家，以理智适度地暴露自己的潜意识思维，赢得读者的青睐，这便是作家的可敬之处了。

除此之外，还有些作家，一味地暴露发泄性隐私，以此挑逗读者，却只能给读者留下恬不知耻的印象。阿尔伯特·莫德尔说："某个作家为了钱而迎合读者的低级趣味，结果表现得简直与娼妓无异。"

暴露与暴露不同，所以作家与作家也有区别，有的作家由此高尚，有的作家由此堕落。

2010 年 6 月 12 日

母语是心灵之本

对语文的学与用，我有很深刻的体会，总觉着它不仅仅是门学问，更是开启心灵的钥匙。语文学得好不好，对于个体的知识积累，素质修养和道德陪护，都是十分重要的。说起来很惭愧，我没正经上过学。该上学的时候，正好是停课闹革命的年代。后来想学，虽然自己的知识底儿薄，可凭了一腔子的热情，再加上临阵磨枪的突击复习，恢复高考的1977年，竟然以高出录取线三十多分顺利地过关。考虽考上了，可我生性倔强，常因不堪忍受侮辱而冲撞领导，也从不干阿谀奉承的勾当，上大学的录取通知书呢，也就因此而被领导扣压了。领导们还在许多场合，正式或不正式地说让我好好安心本职工作，说什么"修马路，用不着大学的文化，会拿铁锹铲土，用大镐刨地就成了"。是的，那年我的本职工作是修马路的壮工，整天在烈日下寒风里，拿着铁锹大镐跟黄土地较劲。

人嘛，既然活着，就得体现出存在的价值，也才有作为人活着的理由。我当时这么想，"修马路可能用不着大学文化，可有了大学的文化也就不用修马路了"。哲学的相对论是这样的内涵吧？环境逼着我走上了自学的路。考虑再三，觉得最适合自学的应该是中文。学中文，用眼睛看，用心去理解，再加上博览群书，虚心求教，大约就会受益。因此，我也就学了中文走上了自学之路。

通过对语文的不断学习，对知识的不断攫取，自觉着素质提高了不少，已非当年筑路力夫的思维水平，糊涂如糨的头脑，也在学习过程中渐渐清楚起来，眼下我竟能靠写些小文章换稿酬了。要不是当年发奋读书，到现在，我恐怕仍然像一张缺油少盐的干烙饼，谁都敢拿擀面杖擀你，拿小铲子翻腾你几下。

说起学语文，就不能不说说我在学习时的感悟，或者说是对语文教育和学习方法的理解，还有就是通过学习，我真的得到了许多意想不到的好处。这也是我多年自学得来的经验，其过程，可以说是苦乐参半。

有两件小事，绝非闲话，与语文的学习和应用有紧密的关联。所以我得说说，以证学好语文的重要。头一件是给人当"枪手"，一共两回，而且都是写论文！二是一位在咱们中国土

生土长的年轻人，大学毕业时要找工作。在申请去外企工作的时候，他在申请表里填上了：中文一般，英语流利。根据我的了解，这位小朋友的父母均是最普通的中国工人，往上的几代人里，也没有西洋或东洋的血缘。他也没出过国去溜达过，连旅游都没出去过，仅仅在这个省，那个省之间徘徊转悠。那么，何来"英语流利"呢？是他学的好？可你在中国生活了二十多年，小学、中学、大学，课本摞起来恐怕得有几尺高，认真不认真的，你也在学校里待了十六年，连自己的母语都只是一般，那滴里嘟噜的英语却能说好，还流利，鬼才信！我想。或许那家外国公司没要他，就是说明这样的谎话，连外国人都不信。

再说给人使唤着当"枪手"这件事，我有位朋友，是位小医院里的医生。他身穿白大褂，脖子上挂着听诊器，整天看病开药方，算人五，还是人六，不知道，反正牛气得很，推销药品的提成绝没少拿，免费跟着医药代表走东串西去游山逛水的事，也没少参与。按理说，他业务水平也确实可以的，发烧吃ABC，感冒打打吊瓶，这他都懂。但评职称，涨工资的时候，学历或是什么资质不够，要弄篇论文过关。他写了，可自己瞧着都不太满意，不敢往上送。于是，这位老兄来找我，让帮忙给顺顺，也就是把把文字的关，使文章看起来能让人轻松点。我不懂医学，连生理卫生都没学过，怎么敢贸然答应，就把他的论文翻过来掉过去地看。实话实说，学术观点怎么样我不知道，但文字却如同未经耕耘过的大地，到处是坑坑坎坎，"碎石头、烂草"什么都有，怎么念，都不通顺，错别字忒多。我就摇头。看我要拒绝他，这位老兄急忙把放在身边的一个报纸包挪到桌子上，打开来，往我跟前一推说：我知道干这个辛苦，熬人，给你弄盒烟提提精神。你也别拒绝，论文观点不用你管，只要把文字给我弄顺喽，错别字给挑出来改正确就行。

我一看那烟，包装精美，红光闪闪的晃人眼睛，两条软中华，烟底下还压着个小纸包。烟是当前最好的烟，小包里是什么我也能猜着，可我不敢要啊，不懂医术，怎么能给人家弄论文呢？可又一想：论文通过，这老兄肯定得加薪水，日久天长了，他受益小不了啊。求人办事嘛，他破费也应该。我这么一个破文人，不仅人轻，服务的"衙门"更清，绝对没有卖药拿回扣的机会！稿费就是我的脊梁骨。再者，说是给他帮忙，我不也能借机会过过"写论文"的瘾吗？不是还有，啊，还有他送来提"精神"的物质呢！

再一次，是位同事的妻子自考大本的毕业论文，这回是经济的了，而且不是改，是写。他们到家里来找我的那天夜里，下着挺大的雨，由此可见，事情是到了燃眉之急。大约是夜里十一点多钟吧，他们夫妻俩打着雨伞，抱着个小包来了。有趣的是，二位的衣服淋湿了，小包却保护得很好。由于我们在一个单位里同事许多年，是很好的朋友，他说话也就不讲理，结束语是：管也得管，不管也得管！他说着，他的妻就打开小包让我看。小包里边是乱七八糟的教科书、参考书，整整齐齐的稿纸和打印纸，还有零零散散的好几页论文题。当然还有，啊，还有什么呢，我就不好意思说了。我抬头，朋友和他的妻正看我，四只眼睛里流露着的是期盼的神情。尤其是朋友妻子

那双水灵灵的大眼睛，忽闪忽闪的真好看。就为这，我怎么能说不管呢？

可经济，我仍然不懂。但有了第一次的经验，我的胆子也就大了很多。触类旁通是个怪东西，常常怂恿得人不知道天高地厚。咱虽然只会写点小文章，却老觉得与经济同属文科之类，离得不是很远。不就是买卖交易、价格利润、宏观、微观什么的吗，再说他们不是还带来了教科书和参考书嘛。写！我倒要看看，我这个没上过大学的家伙，写出的论文能不能过关。近两万言的论文《市场经济必须有健全的宏观调控体系》最后是通过了，可也给朋友的妻子添了不少的麻烦。

我不是想借这事检验一下自己的能力嘛，就动用了自己的全部家底，恨不能把五脏六腑翻个个儿，都倒腾出来让人看看。毛病也就出在这儿。人家老师要不是火眼金睛，就准是念惯了同学们词不达意的文章。这抽冷子看到了一篇语言通顺、论据论点比较准确的东西，兴奋和惊诧之余，就把朋友的妻子招了去。好几个老师，正襟危坐成一排，非要听她答辩。东西不是她写的，答什么？她心里空虚，怎么辩？当时的情况是老师一问，朋友的妻子三不知，整个儿的驴唇对不上马嘴。好就好在主考官们都和我一样，全是土质泥身的男人，而她，是女人，是漂亮的女人。男人和女人的关系，如同土和水的关系，水一大喽，那堆土，甭管胶质还是沙质，哼！准得变成稀泥。朋友的妻子一看不能蒙混过关，便实话实说，坦白过程中，又加上了哭天抹泪，可谓是声情并茂。凡是男人，对女人，尤其是对漂亮女人，内心深处总有点恻隐之情，何况人家还流了眼泪呢,还真诚地忏悔了呢。面对朋友妻子的诚实和眼泪,几位主管答辩的土质泥身稀了!先生们一嘀咕,论文,过!文凭,给!干了这么些年工作了,不就想弄个自学大本的文凭,容易吗?美女胜利了,我也胜利了。为这事,现在我仍然得意着呢!帮人家写点东西,也不费很大的力气,人家拿了大学文凭,我呢,落个人情,增加了朋友间的友谊,这不是学语文的好处吗?

可话得说回来,这语文要想学好,也不容易,非用心去学不能达到目的。我之所以能很快找到感觉,可能与我没上过什么学有关。白纸黑笔,往上画什么是什么。要是黑纸黑笔,画什么都不容易看见喽。

我的语文,是在图书馆里学来的。整整三年时间,不论刮风下雨,也不管酷暑严寒,每天我都骑着破自行车,从家或单位直奔首都图书馆,几无间断。在这段时间里,我沉浸在书的海洋中,什么古籍经典、世界名著、现代文学作品和当代文学期刊,等等,什么书都看。外国的从柏拉图、但丁到叔本华、黑格尔、马克思、莎士比亚、纪伯伦,不管是什么空想、经济、哲学、美学还是文学,也不管是什么唯心的唯物的,只要它以书的形式,竖立在书架子上发呆,我就用心灵和它对话;中国的从诸子百家、唐宋元明清的子集经史、诗词曲赋、神仙鬼怪故事到爱情小说和通俗话本,甚至是古今第一禁书的《金瓶梅》,还有属于宗教哲学范畴的《唱赞奥义书》我都看。说实话,当时真的挺困难,古代汉语精简深奥,很难理解,还有好些字不认识,咱不是没上过什么学嘛。于是就查字典,就任

人为师，不懂的地方，就找个有学问的人，没完没了地探讨求教，有得时候还争吵得脸红脖子粗，可我从心眼里是把对方当成老师了。至于学得好不好，我不知道。但有一点可以肯定，就是我没学坏！要不后来怎么能帮人家写论文，卖小文章换钱了呢。

根据我的体会，学好语文，多读、广读是基础，读精品，认真理解是关键，而且需要持之以恒。感觉语文这东西，说深，很深，其内涵主旨，属于塑造心灵素质的范畴。一个人的修养、气质、精神、道德以及言谈举止，往往和语文知识的积累有直接的关系。读万卷书，行万里路。秀才不出门，能知天下事。大约说的就是这回事。可要是老让你念：我去上学校，天天不迟到，小鸟说早早，老师夸我是个好宝宝。准把人给毁喽！最起码也让学生找不着语文的内在魅力。"好宝宝"是什么？不就是整天在教室里手背后坐着，人云亦云，没有自己的主见，缺少天真活泼劲儿的孩子吗？可要是读：天地玄黄，宇宙洪荒。就不一样了。仅仅八个字，就可以使学生了解人类起源了。这是教材的选择问题，是选择教材的人的问题，可又与学生对所学知识有着紧密的联系。前者仅仅倡导孩子们做老师和家长的"好宝宝"，基本上没有一丁点内涵；而后者无论从气势和内涵上都要恢宏博大得多，学生掌握知识的速度也要快多了。学习识字的同时，也兼学了历史，还便于学生对语言进行锤炼，读起来也朗朗上口。再往下读还有什么地理啊，人伦啊，等等，一篇很短的《千字文》里几乎包罗万象。在汉语言文化遗产中，属于封建糟粕的东西，只占很少一点点，绝大部分的书籍、文献值得保留与利用。一些精短却内涵深刻的东西，用做教材完全可行。譬如《千字文》《三字经》《增广贤文》等古代通俗读物，都是十分珍贵的启蒙教材。像早先教科书曾选用过的：苏秦锥刺股、孙敬头悬梁、车胤囊萤等古人发奋读书的故事，是很容易鼓舞起学生发奋学习的。所以选什么东西做教材，对于开启学生心灵，方便他们知识积累是很重要的。

语文教材的选择，不能仅仅停留在教学生识字的程度，应该使学生在学习的过程中，尽可能多地了解民族文化的来龙去脉，才有可能将我们的民族文化发扬光大，并使之在每一个国民的内心深处扎根。假如从小学到中学的十几年的时间里，学生虽然能学会千八百个汉字，可若是不能在生活和工作中利用，只能念念报纸、公文，看看通俗故事、绝对隐私、演员主持人自传、庸医治疗性病的小广告和节目预报什么的，连一般的应用文章都写不好的话，应该说这样的语文教育仅仅属于识字班的范畴，没有达到语文教育的目的。好的教材应该能启迪学者的心灵，使学生在识字的同时，感受到自己民族文化的博大精深和深层内涵。尤其是在经济与科技高速发展的今天，外来文化也借机而入，许多乌七八糟的东西和所谓的外来语，像沙尘暴似的，一阵一阵地污染着我们的文化晴空。假如有一天，我们的大学毕业生，真的"中文一般，英语流利"了，该多可怕呀！鉴于此，搞好语文教育，继承和发扬我们的民族文化就显得尤为重要了。如果在语文教材里，过多地强调什么其他因素，试图像捏泥人似的捏弄人的心灵，使学生们都成为一

模一样的好宝宝，我们积累了五千年的语言文化，其自在的、深且广的内涵就会逐渐失去魅力，也就很难成为人的心灵之本了！

2001年12月28日

婚姻说

男娶妻，女嫁夫，实在是为寻个合适的对手，筑一个造人的单位，顺延自然，俩人在人道之外，可恩爱可争吵，同欢喜共苦恼，家庭古来都是如此吧。

本来不想说这个话题，说浅喽，没人爱听，还嘲弄你碎嘴唠叨，无病呻吟；说深喽，得罪人，说你贫嘴恶舌，顽固守旧，古董得往下掉铜锈。可不说呢，眼瞧着婚姻不再纯粹，怎么瞧都变得外圆内方，造人的责任反而退居第二位了。

报纸上常载文说，某某嫁了名人，又离了，分得豪宅一座，入钱千万；某某女人嘲笑女儿欲嫁之男，想娶我女儿，说说你有多少钱，没钱就没门儿！又说嫁女新标准是，男人欲娶妻成家，得先备下汽车、大屋、存款，这些之外，还得给未来的岳母准备厚厚的"首日封"。若没有这些东西候着，任你是位老实厚道身子骨硬朗的帅小伙，也甭做美梦。

记忆里的婚配，人们对待嫁娶还是有规矩的，无论男女，情窦初开，渴望生活，都盼着邂逅一份真爱情，组建个小家庭，生儿养女恩恩爱爱过日子。可人们等着，等到岁数再长几岁，等到规矩许可的年头到来，直等到姑娘花一般含苞欲放、小伙儿身强力壮，彼此方才认真地谈情说爱。绝少有将自己的肉身子标个价，开口叫卖的男女，更少有拿闺女换钱换车换房的爹娘。那时，虽然也有"宁让工人搂断腰，不让农民摸一摸（发猫音）""一军二干三工人，宁死不嫁老农民"等势利的说法，可但凡到了真正谈婚论嫁时，男女之间绝大多数还是很重感情人品的，男女之间有无真感情，是婚配的第一准则。父母常会询问恋爱中的儿女，你真爱他（她）吗？由此一句话，足见当时的婚姻观是纯洁的，并无非分之想。为人父母者对儿女嫁娶负责，也不失为人长辈的严慈，是真心盼望孩子们婚姻稳定幸福，俩人安安稳稳相守到老。人们推崇的婚姻是郎才女貌，情投意合，往往还要讲究门当户对，能够做般配本分的夫妻。女子，甭管婚后的日子过得是苦，是甜，只要选择嫁了，大都嫁鸡随鸡，嫁狗随狗，含辛茹苦地生儿育女做人母。男子娶了妻，家境贫富虽不同，对妻子的爱却真挚，个顶个地拉车耕地，牛马一样卖力气养家，哄着宠着自己的媳妇，一起熬时日，奔白头。

　　可这都是记忆里的事情了。现如今，结婚难，难于上青天。年轻男子，若想娶个情投意合的女子，恐怕只能在梦里。经济发展了，物质一丰富，女人也就进步了，把脸蛋子弄得跟川剧里的变脸一样，一会一个样儿，让想爱她们的男子摸不着头脑。首先是姑娘们舌头大了，搞对象，结婚，跟我？车在哪儿？房在哪儿？存款有多少？你以为你是谁？呵呵，有没有搞错喔你？再者是她妈将女儿当成了挖掘机，操纵着青春刚至的亲闺女，在男子群里寻找金矿；也有不把闺女嫁进官府就决不罢休的娘；甚至有怂恿女儿去给贪官、富人做小，只要能给自己换回汽车豪宅就安心享受的爹妈。如今的婚恋中，很难见到不涉及金钱财物的纯粹爱情了，存在且疯狂着的是赤裸裸的交易。

　　可我知道，在人的社会里，做人首先得有个人样，不是什么都可以拿出来做交易，无论男女，你不能拿自己的身体和灵魂当成换钱的资本使用，父母不能因自己爱钱，就把儿女往火坑里推。男女真心相爱，用感情支撑的家庭，可能不十分富足，但只要两颗心融合成一体，生活肯定稳定幸福；男女间若无真感情，用身体和金钱交易拼凑成的窝，虽住洋房坐豪车手头宽泛，生活中却未必没有灾难。

　　听媒妁之言，遵父母之命的老式婚姻，固然不幸，将男人当成铸钱机器，当成长工使唤的新式婚姻，恐怕更不幸。

　　若要夫妻百年好合，男女间真恩爱真性情才是生活幸福的根本。

　　　　　　　　　　　　　　　　2013年11月27日

"性"的文学意义和生命的哲学概念

　　这个名称是个冗长的句子，但并不晦涩，稍有知识的人完全可以弄明白它的含义。但是后半句似乎有些深奥，虽然它与生命的存在没有必然的关联，但有时候它却像维系人类生存的神秘密码，不是谁都可以轻易破解的。

　　在我们的生命中，"性"是必然存在的生理现象。没有性，人类及地球上的一切物种就无法存在。虽然克隆技术已经诞生，但是基因的遗传工程，可能永远无法替代生命的自然延续，它会使人类生命中"性"的一切迷蒙引力和美好的冲动激情消失，从而使生命的存在变得更加接近机械。而把"性"归结为具有文学意义，则是对人类生活更高层次形而上的注释。也就是说"性"具有形象和物象的双重含义。物象的"性"是维持人类延续生存的必须，因而是"俗"的；只有前者，生命可以继续存在和繁衍不息，但是没有后者，也就是说在我们生命的"性"中，如果没有文学意义的涵盖，那么存在中的生命，就不仅仅是"俗"的概念了，人类的生命将等同于其他低级的物种。"性"的文学意义就在于它的自然体现，以及使生命趋于更高层次的必然修养。文学可以培育高尚的美德，可以塑造淳朴的性格，可以让生活充满理想和快乐，可以给心灵带来激情和安慰。

流传古今中外的所有感人故事，没有一种不是依托"性"的吸引和内涵而使男女双方的情感趋于崇高，并以文学传媒作为对人类心灵最美好的关爱，把生命的真实意义展现出来，吸引，也可以说是诱惑后来的生命追求更加完美的生存状态。

想一想，罗密欧与朱丽叶，梁山伯与祝英台式的殉情，中外文化背景不同，却都凭借了爱情的面具，显示了性吸引力的张扬。家族的敌视仇恨，封建意识的蛮横霸道，无法与生命中的性吸引力相匹敌，甚至软弱到不堪一击；张生与崔莺莺的偷情，司马相如与卓文君的私奔，以情为目，以"性"为的，最终演绎了一曲感人千古的爱情故事，把人类生命中"性"的文学意义阐述得淋漓尽致；唐明皇宠爱杨玉环不理国事，导致天下大乱，险些葬送了唐朝的整个江山。因为有了这样轰轰烈烈的爱恋，也才使白居易吟出了"七月七日长生殿，夜半无人私语时"的千古美谈；温莎公爵不爱江山爱美人，假如没有

"性"的因素在爱德华先生的心中作蛊，一具普普通通的女人之身，怎么能与君临天下的权力同日而语？哪怕那女人身体的曲线，弯曲的像"克莱因瓶子"那么迷人，让人充满了出出入入的兴趣，哪怕她裸露的身躯闪烁着金银珠宝、翡翠玛瑙的光芒，恐怕也很难让温莎公爵动心吧？倾城倾国的美貌真的能使人望梅止渴吗？

答案是明摆着的，身处大漠荒野，时间久了，人就会渴死，变成一具干尸。海市蜃楼的景色就是再美，身临其境的人恐怕也很难感觉到一丝湿润。生命对"性"的渴望由此可见一斑，"性命"的传统内涵也就昭然若揭。而上述种种真实感人的故事，陪伴了一代又一代的人们，不都是借了文学的传媒在流传吗？所以说人类生命中的"性"具有文学的意义，就不是妄说了。

远离了文学意义的生命，存在中会少了许多的酸甜苦辣的感觉，生命中的"性"若是没有了文学意义的陪衬和修养，或许也就没有了牵肠挂肚的苦涩或乐趣，生命中的哲学概念正在于此。

生命究竟是什么？其实生命就是生命，生老病死可以涵盖它的全部内容。然而当把哲学的概念赋予生命的时候，生命便远离了自然、古老的本义，具有了现代的审美价值。理性要求生命不断提高思维的品质，创造要求生命活跃和不断奋进，健康要求生命在运动中逐步完善自身，而美学则靠其深邃的内涵，遮掩生命的缺陷，张扬生命的风采。

古罗马斗兽场里奴隶与野兽的拼杀，赤裸裸的自然野性，使人类和动物的血腥随意弥漫，是人类对阳刚之气的最初崇拜；维纳斯的诞生，以其白皙柔嫩的肉体，迷幻一样的曲线，深刻的母性内涵，演绎着人类对自身阴柔之美的朦胧祈盼和幻想；纺织术的出现，则是人类为保护自身最大胆成功的创造；儒学则靠了对人类生存状态的理解，发现了宇宙间这种独特而又神秘的存在现象，试图将人类文化总结得更加精彩，把生命的广博内涵以文雅的形式展现出来，因而提出了"苟不教，性乃迁"这个制约人类精神的普通而高深的理论，并以最简洁的语言指出了人类自身（性格、性情）的自然属性；而《唱赞奥义书》也直接地告诫人们，"唯伉俪之合，相互满其欲也"。

然而哲学的奇妙就在这里，人类的一切美好希望，都随着时间的渐进而变得五花八门。普普通通的生命，常常在循规蹈矩中暗含着冠冕堂皇的虚伪，随时随地准备跨越道德设置的障碍；经济的铜臭又使生命远离自然的淳朴，变得唯利是图，狡诈的处世方式，扭曲了人的思维甚至灵魂；当"性"在现代意识的浪潮下自由起来，并被标以价值，有了可以交换的理由时，生命就剥去了遮掩身体的"绫罗绸缎"，在"鸳鸯火锅"的沸腾里变得一个子儿不值了；虚荣和享受之心，让生命在追求口腹之欲和表面的雍容华贵中走进肮脏而不自觉；平庸和懒惰让人无所作为，这样的性格一旦左右了人的思维，就会轻而易举地将生命逼得在无所事事中走进怨天尤人的绝境。世俗和传统像形形色色的绳索，拴牢系紧了每一个灵魂。生命中必然和偶然的走向，没有什么不在哲学概念的预料之中，只有文学赋予生命的浪漫和高贵，可以不受哲学概念的束缚。

贫穷而野心勃勃的于连，美丽淫荡的娜娜，可笑的女才子，离家出逃的洛丽塔，守望麦田的霍尔顿，捏过尼姑脸蛋的阿Q，拉洋车的祥子，嘻嘻哈哈的帅克，午夜出生的孩子，被大学拒之门外的裘德，爱开玩笑的卢德维克，敲打铁皮鼓的侏儒奥斯卡，许多许多的我们，不是靠了文学的塑造才被人们喜爱，才流传于世的吗？

或许生命的存在，根本无法跨越"性"的障碍，那么，就应该使生命中"性"的意义更加纯洁和高尚，因此也就要让"性"充满了文学的意义。一切试图远离文学意义的生命，其性情必定枯燥无味得只剩下活着。生命中的"性"，如果没有文学意义的内涵，就简单，就不美，就会被哲学概念的绳索捆紧束牢；心灵远离了文学的塑造，人的思维也就没有了浪漫和自由的基因，存在着的生命还妄谈什么高雅和美德？

2001 年 6 月 22 日

关于"鬼打墙"的文学说

　　在许多场合，曾有人问我文学是什么？我回答说：文学是魔鬼。问话的人听了以后就笑，说：你瞎说，文学怎么会是魔鬼呢？

　　其实，我也曾经对这个问题思考过很久，也曾经对社会流行的争论话题，也就是"大众文学"和"小众文学"的论点，"边缘"和"普及"的论点，进行过分析，参考了各个国家的文学状况，最后我得出这样的结论：根据人生老病死的自然法则，沿袭着适者生存的社会规律，在任何一种制度的社会里，文学给人带来的感觉与结果都是一样的，无论这个文学是以口

头形式传播，还是文字形式传播。

那就是在你生活平淡，安定，拥有爱情和亲情的时候，文学什么都不是。它就是一堆被赋予了特殊意义，被随意编排了顺序，可以使人阅读或休闲的文字。它的存在，没有任何崇高的意义。无论它是大众还是小众的属性，无论它处于边缘的冷漠中，还是被人拥护为万众瞩目的热点。这样的时候，阅读文学作品有两种感受，一是感觉快活，一是感觉很累。

在我们民间曾流行一种说法，叫作"鬼打墙"。说的是一种虚构出来的现象，就是你夜间行走在荒凉空旷的地方时，甚至是灯火辉煌的城市偏僻处，突然感觉到四周都是墙壁，没有路，到处都是黑暗，无论你朝哪个方向走，都会有一堵墙挡在面前，铜墙铁壁一样在那里耸立着，阻止你的行动，使你无法走出那种恐怖的氛围，只能孤零零地在那狭小的空间里徘徊。

当然，这仅仅是种比喻。但我们也不能不因此承认，我们的民间文学中，蕴涵着十分丰富的想象力和虚构力，这样的想象力和虚构力，足以改变我们的思维，威慑我们的精神，束缚了我们的手脚。

我想借此说明的是，当你在生活里遭遇烦恼，命运坎坷，被爱情抛弃，被人欺辱，甚至被强者压迫的时候，文学就是一簇小火。仍然是那一堆堆密密麻麻的文字，仍然是那些被随意编排了的词句，可它充满了温暖和灵性，默默地抚慰你的心灵，呵护你的精神，点燃你生命的火焰，照亮你心底的黑暗。

这个时候的文学，就像阿拉伯神话故事"神灯"里的魔鬼！

平常的日子里，这盏灯与其他的灯没什么两样，像任何一盏崭新的或陈旧的，金光闪闪的或锈迹斑斑的，打造精巧的或制作粗糙的，被擦拭干净的或被浮尘覆盖着的灯一样，它就是一盏用来取得光亮的照明用具。

然而，当你遭遇"鬼打墙"的时候，当你需要胆量和智慧的时候，你用心灵轻轻地呼唤吧，"神灯"中神奇的魔鬼会应你的召唤立刻出现。这个无所不能的魔鬼，会听从你的指挥，帮助你解决困惑，排解你的郁闷。

只要你爱她，热爱文学，文学就会给你的生命带来源源不断的智慧和能量，她会在你的心感觉寒冷时成为一捧炭火；她会在你生命焦虑时成为你心底的一服稳定剂；她会在你意志软弱时成为支撑你生命的力量；她会在你急躁冲动时成为告诫你要学会忍耐的忠实奴仆，她会在你手足无措时给你挣脱枷锁的办法……也许她还会在恰当的时候，给你带来结束一切、摧毁一切的勇气和手段。

那么，文学到底是什么呢？我的感悟是：文学是由作家们散落在人群里书本上的智慧结晶变成的魔鬼！

可是，有一点我却无论如何也想不清楚：当文学本身遭遇"鬼打墙"的时候，文学是什么？

2007年5月7日

论想象思维

人们的思维去向可大体分为两种：工作思维和想象思维。其中工作思维是支持人们生存、发展的重要部分，它随时帮助人们应付工作或创业中发生的问题，并积极地产生思维结果，以求完美地解决它。这是一种理性的思维。

而想象思维则不然，它是随个体的社会存在、文化知识的积累、个性及素质的生成，而产生不同的思维结果。这种思维的结果，就像掠过蓝天的云彩毫无定式。虽然它五彩缤纷千变万化，可它与每一个个体的生存和发展没有直接和必然的因果关系，也不能直接转换成经济的或权益的效益。所以我们可以说：在生活中，想象的思维常常为人们带来短暂的温馨或痛苦，生命便因此而充满了酸甜苦辣的感觉。据此推断，在人类社会的每一个群体中，没有什么事物同时属于所有的人，只有想象思维（包括回忆）是例外。

金钱、权力、爱情、子女、幸福、友情、智慧、孤独、寂寞、善良、贫穷、仇恨、痛苦、愚昧等，所有的一切，都只能被一部分人所拥有。而每个人（无论是谁）的一生中，都会有想象思维每时每刻伴随着，为我们带来快乐和痛苦。

一些人可能会拥有金钱或是权力，并能永久占有它，但爱情、平静、幸福或友谊也许不属于他。某些人在拥有金钱的同时，可能伴随着痛苦、空虚、焦躁和寂寞。

以生命相爱的男女也许是贫穷的，但他们的精神会伴随着愉快而使两心相悦。虽然有时他们也愚昧，也常常做傻事，也被生之艰难所困扰，可他们拥有爱情。在两心相贴的时候，他们向往着幸福，每时每刻都在憧憬中梦想着自己的明天。每一个明天都会给他们带来一个新的希望。虽然可能在明天，他们仍然像今天一样期盼着美好的希望。可他们从不沮丧，只是在憧憬希望中幻想着另一个明天。思想中快乐的折磨，也常常使人产生痛苦和焦虑。

拥有聪明才智的人，如果生在富贵之家，他在成长的过程中，也许会看到金钱积累时所滋生出来的龌龊，以及人事交往中尔虞我诈的肮脏。富足的生活会使人们在充分享受的同时，缺少为生存而努力奋斗的乐趣，倾斜的世界、无忧无虑的日子，会使一个人的灵魂时刻受到空虚的蹂躏。如果他生在贫穷之家，那么，世事艰难的种种坎坷也许随时随地陪伴着他。为生存而进行的艰苦努力，使他每获得一点点什么名誉、钱财、权力等，都那么不容易。愤世嫉俗的琐碎思维会搅得他焦头烂额。"思想者"的悲哀大约就是这么产生的吧？

如此说来，谁会真正拥有幸福呢？对于大千世界中的芸芸众生来说，幸福如同其他任何事物一样，不属于任何生存中的个体，它只是一个充满诱惑而又矛盾的名词。在生命的过程中，它只会相对地出现于某人一生中的某个阶段。如此说来，每个人的一生都是残缺不全的。现实生活中，人们对种种物质或权力的向往，常常使人的大脑处于高度紧张的运转之中。

那么，人们脆弱的精神靠什么来寄托呢？思想和灵魂靠什么来抚慰呢？只有"想象思维"是最好的灵丹妙药。"想象思维"属于所有的人！它属于所有的穷人、富人、爱人的人、被爱的人、精明人、蠢笨人、男人和女人、春风得意的人、心灰意懒的人、初谙世事的人、行将就木的人、有理智的人、精神失常的人，等等一切可以称之为人的人。每个人都需要"想象"，每个大脑都会"思维"，虽然有些人的想象思维是混乱和罪恶的，但它却是每个人头脑中最真实的东西。美好的未来和痛苦的经历，都在每个人的大脑间，悄悄述说着永生难忘的和偶尔发生的想象。

想象思维每时每刻都伴随着人们，嘲弄着人们，它在人们的生命中就像个飘忽不定的恶魔，它会在你心灰意懒到极点的时候，让你重新看到生活里的希望在耀亮；它也会在你对未来充满了异想天开的幻想时，把冷冰冰的失望狠狠地拽在你的现实生活之中。

　　无论我们的想象思维是甜蜜的还是痛苦的，只要生命还存在着，就没有任何力量能够阻止它发生。它就像人世间的一剂特效麻醉药，伴随着人们度过忙忙碌碌而又漫长的一生。

2001年3月28日

文学的责任

　　文学作品正在遭受冷遇的原因之一，是因为它正在失去记忆的功效。俗文学不在此列，俗文学所记忆的只是个体隐私、名人逸事和编造的故事。这些东西虽然能够挑逗得人们感官亢奋，但于净化人们的灵魂，提高个体的素质毫无益处。如果文学想远离人们的冷遇，为文者就应以人的真情、善良和活着的责任探入人们的心灵，如刻刀般镌刻出历史中人们曾经的点点滴滴的酸甜苦辣，才是真正的文学作品。文学的记忆功效是不能失去的，否则，它就会如情乱色衰的美女，没了令人精神振奋的基本因素。

因为记忆是人的大脑中的一面镜子，它能常常照见个体生存道路上的喜怒哀乐、成功和失败。一个人如果没有了记忆，往往被别人嘲笑，或被说成是白痴。有个历史故事，说的是有一位秀才得了健忘症，他刚刚在自己家的篱笆旁出了恭，便忘记了。他看着自己的大便，转头就问别人：这是哪里来的狗屎？真是岂有此理！毫无疑问，这个秀才遭到了耻笑，也留下了这个千古流传的讽刺故事。有记忆对于人来说是非常重要的，而失去记忆则是一件十分痛苦的事情。正常人，谁愿意失去记忆？因为，记忆中的一切，无论是甜蜜，还是痛苦，都是人的一生中不可或缺的组成部分。成功是幸福的甜蜜，失败则是痛苦的良药。人失去记忆是悲哀的，忘却记忆则是罪恶的。

中国有句老话叫作"前车之鉴"，大约说的就是要不断总结经验。前事不忘，后事之师嘛。记取以前的成功和辉煌、荒唐和悖谬，让狠毒与奸诈的谬误得到及时的修正，让高尚与公正的善良能够得到及时的张扬。人类社会的文明史应该是由此书写而成的吧。所以，文学的记忆功效是十分重要的，它应该担起记忆历史事实的责任。

可是，悲哀的是，我们的文学，却正在远离这种责任。或许这正是我们现在的文学作品的弱点。

文学应该用最平易的语言，为民族为后人更为我们自己，捡拾历史中的碎片，拼接我们正在忘却的记忆。让青年们了解我们的每一段历史，让他们在嘲笑我们的蠢笨之时生出理智，让他们在庆幸我们的成功之时鼓足勇气。记忆历史，或许就是文学的良心和责任所在吧。

让文学恢复记忆的功效，用善良之心重铸我们的民族灵魂吧！

发表于2001年2月5日南京《新华日报》

炒肝儿与文学

打一小儿我就喜欢喝炒肝儿，这与我打一小儿就爱看书，喜欢文学是一样的。

"炒肝儿"，是北京的一种小吃食，确切地说，是过去老北京穷人的一种食品。就像"豆汁儿""炸豆腐""炸灌肠儿"什么的一样，营养价值不高，却好吃解饿，很救济穷人的。

1949年以后，仍然有卖的，许多地方都有，像东安市场、隆福寺、天桥、朝外的坛口小市儿等很多地方，都有卖这东西的。也可以这么说，你随便走到北京的任何一个角落，都可以找到卖"炒肝儿"和"炸油鬼"的摊点。尤其是卖早点的小饭

铺，是一定会有这东西准备着。

记得小时候，我常常被大人们带着去逛东安市场和隆福寺庙会，去了一定要喝一回炒肝儿、面茶、艾窝窝什么的。尤其对炒肝儿里面的肝儿，我充满了兴趣。那东西越嚼越香。

直到现在，我仍然喜欢喝炒肝儿的原因，就是它的味道浓厚，深深的颜色充满了诱惑，还有蒜香味儿呢。

后来有一阵子，没了。好多年市面上都没有炒肝儿卖呢，光剩下米粥、包子、火烧、炸油饼了。即使买这些东西，也是要凭粮票的。究其原因，大约是猪少了，到处都没猪，猪肝肯定也就金贵了。记得那时候买肉，都是两毛、三毛地买，卖肉的售货员使刀片。那刀紧紧挨着他的手片下去，薄薄的一片，白白的肥肉多，红色的瘦肉只有手指粗那样一小条。人们那时候也喜欢肥肉，因为食用油也是凭票供给的。

那个时期，都把炒肝儿的滋味忘掉了。

好在进入20世纪80年代中期以后，随着包产到户，允许个体经营了，猪一下多起来。猪一多，肝就多了，市面上又有卖炒肝儿的了，许多老字号的饭铺子也恢复了这个小吃。摊点虽然不多，但跑几个地方可以找到的。于是，肚子里的馋虫涌动，就又有了喝炒肝儿的嗜好。

有次外地来了几位作家朋友，要尝尝北京的小吃，我便领他们去了隆福寺。那边有一间小吃屋，专门卖炒肝儿。等炒肝儿摆在面前的时候，竟发现这东西原来真的与文学有着不解的缘分。

那天我们发现，摆在面前的炒肝儿，小碗依旧，颜色依旧，只是此时的"炒肝儿"与彼时的"炒肝儿"，虽然都叫炒肝儿，但本质上还是有区别的。看颜色，仍然是深深的充满诱惑的颜色，内容却少了许多，也就是说，肝少了，替代物是猪肠子。有的碗里基本没肝儿，猪肠子也不是很充足，大都是浓浓的一碗卤汤，弥漫着蒜香味儿。

这一下子有人郁闷了，瞧着面前的卤汤说，老瓜你这是糊弄我们，这怎么是北京的炒肝儿？炒肝儿怎么会这样？你蒙我们。

我笑了说，兄弟姐妹们，这是炒肝儿。我可以对天发誓，这真的是炒肝儿。我又说，你喝吧，能喝出文学的味道！大家狂笑。

我说这碗里的肝儿，是纯文学，猪肠子是冒名顶替的，浓浓的卤汤是混事的，蒜香味儿是"烟幕弹"。

大家笑。有个东北来的作家说：喝吧！喝吧！

旁边马上有人反对：你说得咋那么轻巧呢？

我这时突然来了灵感：这一碗炒肝儿，就如同文坛呀！

众人一愣，旋即反应过来，哈哈一阵大笑……

2008 年 5 月 6 日

"女儿会"

　　最近到湖北恩施州采风，那里的少数民族文化，那里的自然风光、历史遗迹，还有现实的社会发展，给我留下深刻记忆。尤其是土家族的民间文化，不仅它的民族特征、歌舞音乐、民居民风等，具有研究价值，它的现代文化和经济，同样具有极大的开发价值。刚刚读过两本刊物——《巴文化》和《女儿会》，它们都是地方性文化刊物，内容宽泛，刊登土家族、苗族等少数民族文化研究的文章，还刊登文学作品。这两本刊物在张扬少数民族文化方面，让我们看到了巴山楚水间的文化兴衰，看到了巴人历史，看到了恩施曾经的沧桑，看到了土家族文化的传承和现实发展。感叹衍生在这里，曾存在了几百年，消失了，又重现的"女儿会"竟充满了人类生命学特征。土家族"女儿会"的文化形式，在世界文化方面，也具有独特的，甚至是先进的文化意义。

从人类学的角度看民族文化，一定能从中看到种群繁衍的无奈与挣扎。"女儿会"的起始，或许是为改变族群的人口质量，或许是为增加地区性经济的贸易数量，但它的行为模式却是文化的，超越了社会形态，具有独特的民族魅力，显示了土家族先民的智慧。今天看来，我们没有理由不称赞它，因为它的发生，起源于民间，作用于民间。虽然人们在"女儿会"上，仅仅获得了一天的男女交往自由，可围绕"女儿会"衍生出的民族文化、婚姻特征，却纯粹、独特、丰厚。"女儿会"的发生与一度消失的现象，所承载的文化内涵是极其深刻的。

没有独特性的现代地方性文化和经济，在民族文化的发展方面，已经形成了瓶颈。今天的"女儿会"虽不是民间自发组织，但恢复它，张扬它，由它外延所带来的社会、经济效益，一定会超越这个文化形式本身。土家族的"女儿会"和《女儿会》《巴文化》等文艺刊物，也由此变得同样珍贵了。

2008 年 9 月 18 日

北京话口语中的微妙变化

——兼答朋友指错

前几天几个朋友闲聊，说起了北京话的发音，最近又有朋友给我留言用了"关大爷"仨字。也见以北京为背景的电视剧里，常用北京方言以衬托角色的个性，如《我这一辈子》《龙须沟》等。这里说的北京话，并不是指现流行的普通话，所以常有朋友议论这些作品时，因发音而把词义弄颠倒了。

譬如上面朋友说的"关大爷"的"爷"字，发音应是（yé）才对。还有中杰英的话剧《北京大爷》中的"爷"字，曾引起民间对其发音的口头争论。这个"爷"字的发音，有阳平声（yé）和去声（yè）。称呼长辈时，北京人一般是叫"大爷（yè）"，张大爷、赵大爷就是这样叫，这样的叫法是尊称。如果用了朋友间的泛称"大爷（yé）"，就不对了。"大爷（yé）"的另一个用处是对弟兄间的称呼，如"咱家大爷（yé）""刘家大爷（yé）""北京大爷（yé）"等。如果用了"咱家大爷（yè）""刘家大爷（yè）""北京大爷（yè）"，则不对了，不符合人际关系。自家人叫老二老三老小时，不能用"爷（yé）"的发音，而必须是去声才对，如"咱家二爷（yè）""咱家五爷（yè）"，如果说"咱家二爷（yé）"那指的有可能是长辈中排行第二的人。聊天时的这几个称呼，则有微妙的变化，如：

A："您瞧瞧人家李家二少爷（yè）多有能耐，考上××大学了！"

B："您说谁？谁考上××大学了？"

A："李家的，磨盘李家的二爷（yé）！李家的二儿子。"

B："哦，李家的二小子啊，那孩子打一小儿就有出息。考上××大学啦！瞧瞧，让我说着了吧，好几年前我就知道他得上个好大学。"

这里用了"二少爷（yè）"和"二爷（yé）"，对话时双方都明白，也很有节奏。这是长辈人说小一辈分的人。换过来，小辈人说长辈，就不一样了，如：

C:"三爷（yé）在家吗？"

问话的人是小辈，来找长辈。

D:"三爷（yè）啊，刚出去。有事吗您呢？"

回话的人可以是同辈，也可是任何人。一般情况下，小辈人在回答时也用"三爷（yé）"，也要说"三爷（yé）呀，刚出去"。

泛指时则这么说，"刘家少爷（yè）""小少爷（yè）"等。有时候这个"小少爷（yè）"还要加上个"儿"音"小少爷（yè）儿"，这个带"儿"的发音，非北京本地人大约不能发得很准确了，属于纯粹的北京土话。

如果是两个"爷"字连用，"爷爷"则是前一个扬声，后一个去声了，"爷（yé）爷（yè）"。

北京话对于"儿"音的运用是很讲究的。

譬如，有朋友看了我的一篇文章《小故事》，提出了几个问题。王飞说：（1）小故事发生在北京贴城根儿一个大杂院里。"贴城墙根儿"好一点吧。（2）绝对不承认是自己的爷们打的——"自己爷们儿"更口语化一点儿。（3）就准往中间凑合——"中间儿"。（4）她烫大卷花的头发——"大卷花儿的头发"。

对于此，我有赞同的地方，也有不同的看法：如第一个问题，"贴城根儿"和"贴城墙根儿"。这是两个不同的概念。"城根儿"很大，指原北京的内外城城墙左近，一般情景下是指离城墙里许左右的狭长地区，再远点就不能称呼"城根儿"

了。内城叫皇城根儿，指的是紫禁城东西城墙外贴城墙的居住区，如东皇城根儿和西皇城根儿。紫禁城里边和皇城外的南北向也没有城根儿的地名。北京外城的城根儿，指原北京城墙里边一圈儿民宅，城外一般情况下则没有城根儿的叫法，那时城墙外面为军事防御地带，很宽阔的地方不允许存在居住建筑。陈建功和赵大年的小说《皇城根儿》写的就是紫禁城外，一个四合院里发生的故事。有一首北京儿歌也是这么说的：四牌楼，卖花枝儿，过去就是皇城根儿。皇城根儿，三堆土，过去就是宗人府……所以不能叫"城墙根儿"，是因为"墙根儿"的指向应该较具体，指很小的一块儿地方，就是墙根儿底下。

"爷们"和"爷们儿"在北京话里也是有分别的。老北京妇女在闲聊时说起男人，一般说：别瞧五太太的爷们走道儿踮脚，却能往家划拉钱。静芬那爷们，又背着她偷着嫖去了。这样的时候，是不能用"儿"音的。话语中用"爷们儿"，一般是男人说话时用，如：宝三儿，那可是真爷们儿！再：小鬼子儿算什么东西？咱爷们儿什么时候怕过谁？

在北京话中，并非所有的话语都儿化。譬如说起北京的城门，就不能儿化，要说：午门、前门、崇文门、西直门、天安门等，但东、西便门儿就必须儿化，要说东便门儿和西便门儿。如果反过来说，把天安门叫成天安门儿，把东便门儿叫成东便门，那一定不是北京人，还会闹笑话。有人研究说，在北京凡说起大地方都不能儿化。可我觉得并不绝对，如北京著名老商业区大栅栏儿（发音：dà shí lànr），就必须要儿化，不能叫成大栅栏（dà zhà lán）。再如上面说到的书名《皇城根儿》，

皇城大不大？只要提起皇城根儿，也必须要儿化才对，假如说皇城根，就不准确了。除非大舌头发不出儿化音。

"中间"和"中间儿"的用法也不一样，北京话说中间这个位置的时候，一般不说中间，而是说"当间儿（发音：dāng jiànr）"。我在文章里用了"中间"，而没用"中间儿"，则是顺应了当下的话语特征。当然了，用"中间儿"是可以的。严格说，要儿化音更确切的北京话，则该用"当间儿或中当间儿"。

"她烫大卷花的头发"和"大卷花儿的头发"，纯粹是由口语印象得来的，是20世纪五六十年代，北京人说某女人时髦时说：孙家五丫头，疯，前儿个，又烫了个大飞机头！所以我在文章里这样写："她烫大卷花（儿）的头发，穿碎花（儿）布拉吉，半高跟儿紫色儿皮鞋，挺胸抬头地走路，身上总带着一股氤氲飘飘的香味儿。"文中，"大卷花"和"碎花"后面没有儿化，应该是用儿化的。虽属疏忽，但还是要谢朋友的热情心。

北京话和各地方言一样，都随着时间与事物在改变。人们的口语特征，文化素质的提高，外来语言的糅合，网络语言的创新，普通话的推广，社会的统一性等，都使语言在不断变化演进。尤其是北京方言，在普通话的强势普及中，正快速消失。但文艺作品里的人物语言，则应符合时代特征，什么时代的人，说什么时代的话。正确适当地使用方言，会使书面文字更活跃，人物行为更传神。

感谢朋友们对我文字的挑剔。

2010年8月30日

我爱克里斯蒂安妮

　　曾经为中国女足写过一些文字，那是在1999年第三届女足世界杯后。在那时，中国女子足球队，在美国玫瑰碗体育场，曾掀起过红色浪潮，让世界瞩目。可这早已成为过去，只留孙雯、刘爱玲、赵利红、温利蓉、白洁等几位姑娘的名字和一段美好的记忆。

　　昨天，在奥运会女足的赛场上，我看到了一群美丽的大黄蜂，一个梦样的幻影——巴西姑娘克里斯蒂安妮。

　　因为有了克里斯蒂安妮，巴西女足四比一击败德国女足，胜得干净利索，所有进球都如行云流水一样漂亮。比赛中，克

里斯蒂安妮如同一柄太极剑，柔中带刚，躲闪腾挪，飞舞在绿色的草地上，如入无人之境，两次得手，逼迫对手俯首称臣。在那届奥运会女足赛场上，克里斯蒂安妮以五粒进球数，在女足射手榜独占鳌头。

克里斯蒂安妮独具个性，她天真漂亮，活泼可爱，妩媚得堪称惊艳。进球后，她翻斤斗，侧翻，后翻，杂耍般的精彩，毫不掩饰自己的张扬，展现给对手的是骄人的威风。再进球，克里斯蒂安妮突然静止下来，人虽然还在沸腾的看客群中，身却随自己娇柔的女儿心扭动，一片绿色之上，黄衣姑娘跳起了火热的桑巴，舞姿甚美，女性柔情尽藏其中，尽显青春的得意。

这时，我看到了，世界在她脚下颤动，人群为她沸腾，她女人的灵性在空中飘扬！

我爱克里斯蒂安妮！

2008 年 8 月 19 日

名人的名誉

　　如今的许多名人都喜欢出书，大都是自己的回忆录。毫无疑问，他们的回忆录是丰富多彩的，或艰难，或辉煌，或怎样顺利，或怎样坎坷地走向成功，全都不厌其烦地一一道来，叙述得娓娓动听。靠着他们在媒体露脸的次数，其回忆录的销售量或高或低，不管怎样，反正书是上市了，总能得到些许的喜兴。

　　可我觉得，有些名人写回忆录，仅是为了满足自己的名和利。变成铅字的回忆录，总与他自己真实的生活出入甚远。而且，有些名人的回忆录还是"枪手"所为。短短的生活经历

中，能有多少苦涩，多少艰辛，多少辉煌的成就能够成为大众的楷模或镜鉴呢？

　　毋庸讳言，有关名人的书，尤其是名人自己写的回忆录，吸引着众多的读者，特别是年轻人更喜欢看。可是透过那些书本的字里行间，你很难看到名人自己。那些变成铅字的回忆，确切地说，不应该再称之为回忆录。不管那上面描述的是怎样逼真的经过，有着多么感人肺腑的情节，或是多么高尚的追求，艰难的坎坷，幸运的机遇，挫折的打击，固执的进取，成功后的辉煌，凡一切经过了文字处理的回忆，其中的某些部分已远离了故事的实际模样，早已失去了生活过程中的真实和纯净，原有的平淡或已变为轰轰烈烈。名人自身的失误也许就此被杜撰成数不清的客观障碍，一切有损名人自身形象的事实过程，都会被名人自己寻找到巧妙的遮盖物，将自身修饰为青年偶像般的高大，金光万丈夺人眼目。这一切无非是自我标榜，于此之中，便也悄然失去了那本该是质朴无华的个体，把回忆连同名人自身引上了邪路，只剩下了卖书换钱。当今名人的回忆录，也应如我们的前辈大师们的回忆录一样，只能产生于个体生命的自然过程之中，或辉煌，或惨淡，或纯真，或粗俗，就连被恋人抛弃的那一丝丝痛苦，也应该来得轻如缥缈，去如乱麻，难以理出头绪。就像果戈理对生命经历过程的直白，凡·高在穷困潦倒中对艺术和生活的感悟。这种自然生出的真实故事，是名人生命的再现，它把名人重又拉回人世间，赤裸裸成为大众的一员，人们彼此相视，原来都只一样。在大众眼里，名人不再是恃才傲物的疯子；在名人眼里，大众也不再是狂热的"粉丝"。失败的故事应该能引起人们的警惕，成功的事实则应是别人可以借鉴的经验，才是回忆录的真面目。靠虚构骗取大众喝彩的回忆录（如果不是允许虚构的小说作品），还是少些为好。

名人真实不加任何修饰的回忆录，必定返还自然界一个有血有肉的丰满的人身。也必定为大众所喜闻乐见。

但愿人们心中尚存的那些可爱可敬的，名人们的形象，不再因自己写的回忆录而变质。也算是为了名人的名誉吧。

发表于《中外期刊文萃》1999年10月8日第23期，收入《全球100名人与中学生谈名利》（2008年5月，花山文艺出版社）

生命之爱

　　"爱"在人类的生存中是重要的，它为个体带来生命的快乐，带来精神的安慰。爱的种类很多，但内容却单纯到只有给予——精神的和物质的。爱，正是因此而崇高，它包容了人世间的一切温馨和暖热，是生命对生命，灵魂对灵魂的真切关注。在人类生命的过程中，无论个体经历的是贫穷或富裕，爱都是一刻不能缺少的。想一想，没有爱的一天，会很寂寞；没有爱的灵魂，会很孤独；没有爱的生命，会很痛苦。物质对人类的生存固然重要，而"爱"的精神，却是维系生命存在的真谛。

当一个生命开始形成的时候，爱便在母亲思维的深邃中悄然诞生，每时每刻，母亲的头脑中都充满了对这个未来生命的祈盼，美好的祝福带着母亲的爱，精心呵护着正在长成人形的生命。灵魂对人类延续的牵挂，展现了母爱的崇高，她是无私给予的开始，人的生命从此沐浴在爱的光环之中了。

这看似无形又不知不觉的爱，却是爱之中最真诚的一种。是母亲用思维中爱的神秘，悄悄地培育着新生命的纯洁、善良的人格。

伴随着生命的诞生，爱便脱离精神关注的单一，有了实质性的内容，父母对孩子成长的关注，更多体现在对小生命肉体喜欢的激情上，爱也在物质给予的千变万化的形式里，演绎着望子成龙、望女成凤的人间喜剧。所有的爱都加入了殷切的希望，自然之爱开始走进必然的神圣领域。人的生命也从此有了"被教育"的束缚，这个时候的爱，是霸道和毫无理性的给予。被爱者没有理由拒绝，也无法逃脱她强大的魔力。这种束缚式的霸道之爱，虽然很容易造成"溺爱"的偏颇，使被爱者的生命陷入窘境，但施爱的父母却意识不到主观上的错误。凡在这个时期逆来顺受，或者说消极接受这种霸道的爱的人，其人格的形成大多隐含着畸形的成分，在将来不是大恶就是趋于一般，如有大善、成功者，必定与这个个体后来的自我修养有关。来自父母的关爱，虽然单纯，虽然霸道，却是不能拒绝接受的，她是使生命成长的重要营养源。

如果说一切爱的给予，是甜蜜的话，那么到了情爱阶段，生命中的爱便有了许许多多的痛苦，因为"爱"在"情爱"的

阶段掺进了性索取的成分。恋人们所说的：我爱、我要，就是情爱和性爱的全部内容。情爱是由甜蜜和痛苦交织而成的，她使生命饱受了存在的幸福和精神的艰辛。情爱的精神产生于人们的心灵深处，她虽然至高无上，却极端自私，总是要相互牵连的两个个体，饱尝灵魂痛苦的折磨，使肉体时刻处在无可奈何的兴奋和等待之中，因为情爱的最终目的，不仅仅是给予，它还要索取。这就是产生痛苦的因素了。相恋着的爱情，越是甜蜜，心也就越狭窄，越寂寞，它霸道地在"我要"的小道上行走。无法填补的空虚总是在无情地蹂躏着恋人们的心灵，让恋人们感觉思维中彻骨的疼痛。因此，情爱炽热的火光一旦燃烧起来，就会照亮两个人的世界，它会用性的魔法，融化了两颗"爱"着的心灵！

051

关于情爱哲学的语言，可能饱含着生命的深邃和美丽，但它却是在情爱经历了生命的体验以后才深邃、才美丽的。心灵的约定，往往会使两颗心在情爱的火焰燃烧到接近熔点的高温中冻结成冰！这就是生活里幻化出的最深邃、最纯洁、最美丽的哲学语言！或许，这便是情爱的迷人之处了。

但情爱的高尚，却不是所有的生命都能够懂得和感受得到的。在世俗的生命里面也有情爱，一见钟情便要一夜激情，也是情爱的一种。可那种情爱却只能产生出肉体碰撞的火花，生命中的随意"性"，将情爱简单到没有了痛苦，将生命简单到只剩下了本能。这是生命的快乐，也是生命的悲哀，多少男女间的一夜性爱，不都是如流星般闪着亮光划过了生命，一去不复返了吗？

生命经历的事实告诉人们：肉体的放纵，往往不拒绝陌生，一夜性爱的情爱模式中，或许也有真诚，但是那样的性爱，仅仅是肉体的，表层的，它永远无法让心灵走进心灵。只有生命的碰撞，灵魂的纠缠，才能创造出伟大的爱情。

哲学或许可以诠释生活，却永远无法创造生活，更无法在生命里写下真实的爱，因为哲学总是板着面孔，缺少生命的灵动。只有灵魂与灵魂疯狂地碰撞，才能在两个生命之间造出真诚的爱。

爱在心灵的相约，是生命的快乐，心灵的等待却是这快乐里无法言说的苦涩，时间的双刃剑，轻轻地从两颗心灵上划过，把爱用疼痛雕琢。有时候我们人类很可怜，好像从爱情中走过了，可却根本没有把真正的爱情体验。相爱的人感觉不到撕心裂肺的疼痛，怎知两颗心在快乐地"爱"着。爱的真正感受，在情人之间恐怕只能是这样一种心的牵连了吧。

爱到了生命的迟暮之年，就显得更加重要了。这个时候，生命显现出前所未有的笨拙，头脑中的一切欲望都消失了，仅仅剩下了对爱的回想，剩下了对爱的渴望。爱从此变得珍贵，因为她很容易就会被物质所替代，很像生命诞生后的情形，唯一没有了激情。这个时候，垂暮的生命只能存在于被冷落的，对爱的想象之中了。每一点来自子女的关爱，都会使生命感受到安慰，但也仅仅是心的安慰罢了，她对走向死亡的生命，已经没有了特殊的意义。心也会在对爱的渴望中逐渐萎缩。流于形式的爱，使老年人的生命里充满了孤独的寂寞。

或许这就是人类生生灭灭的过程，或许这就是爱在生命里

的全部内容。当然，在此之外还有许多种爱，譬如对个体对祖国的爱，这个人对另一个人出于善良的爱，但那是另外的话题了。人生的爱，需要固守着自然法则和道德，这是人所应有的基本品质。爱的温暖陪伴我们一生，谁都不会例外。人生的每一个阶段都不应缺少爱的真诚！

2001 年 6 月 7 日

自我装修者戒

　　文凭是证明一个人曾经学习到什么程度的基本证件，事实上，它与这个证件持有人的知识掌握程度，没有直接和必然的根本联系。因为，有人的高等文凭，并非上学或自学得来的，而是"自我装修"，就像装修房间时用的贴墙纸，虽也有种类、贵贱之分，用处却都一样，遮丑用的。

　　眼下这个时候，文凭确实能给持有人带来实际的好处，譬如金钱啊，工作啊，等等，都需要高等学历的支持。甚至刊登一条征婚告示，发布人也要在说完了必要的条件后，再缀上一句：什么什么学历，往往是大专、大本之类，也有更高的，以示自己并非白丁，乃高雅单身，文化得很。

可不能拥有高等文凭的人，许多好事就要与你无关，岂不冤哉！所以许多人为了生活得方便从容一些，都想方设法地去弄一个高等学历，以做假面之用。

我们有句老话叫作死要面子活受罪。可如今却是非要面子不可的，有了面子就可以不受累。长工资、评职称、找工作没有文凭是不可以的，眼下人们认这个。既然文凭有实际用处，拥有高等学历就成为人们追求的目标，这原本是一件积极向上的事情。怪就怪在刚刚过去三天两早上，突然之间，大家就都有了高等学历。而且大都来头不小。

如今，怀揣高等文凭的人满大街都是，大学本科毕业的学生，要想找到份对口工作已经不容易。

要不现在的下岗工人怎么都特别着急啊，大学生都找不着工作，何况是青春已过，只会开车床拿钳子抡大锤的工人老大哥了。"车钳铣没法比"那是早先的事情，如今是网络时代，讲究的是知识经济。现在的下岗哥、嫂，大多数都是20世纪60年代中后期的初中学生。没知识，更没文凭，可仍然得养家挣钱吃饭。怎么办，特好办。老实人没办法，可对那些心眼活泛的人来说却不算什么，"卖"不出去自己，可以买一张文凭"自我装修"嘛。文凭那玩意儿，如今万里飘香，甭管公费自费，弄一张贴脑门儿上，去蒙呗，管它公企私企，管它受不受损失，蒙上谁算谁。蒙一个月的工资，就有俩仨月的零花钱。

这么想的人一多，卖文凭的家伙也就有了源源不断的主顾。虽然，这些卖假文凭的贩子，总是躲躲闪闪怕让公安抓住，可假学历他们到底是没少卖。有些厂长、经理、会计、公司职员，只要他工作的地方需要文凭才能上岗，那么，也许明天早上，他就能把高等学历证书给你拿来。可压根儿也没见他上过夜校，更甭说坐在教室里正经念书了。

那么，他的文凭是怎么来的？中国有句俗话说：有钱能使鬼推磨。只要肯出钱，你说要哪儿的文凭吧，中国的？美国的？加拿大的？你只要能说出学校的名称来，就会有人给你做，做得跟真的一样。上学干什么，多累啊。整天背个大书包去上学，到了家里还得点灯熬油"开夜车"。再说，那得少看多少电视，少跳多少回舞，少搓多少圈麻将，耽误多少泡吧玩儿party的时间啊。

买张文凭省时省事还省力，可就有一样，不大体面。可那也算不了什么，可以装啊。眼下随便拉开任何一个机关、公司、工矿企业办公室的门，都能看见里面有好些人正襟危坐，在那些男男女女芸芸众生中间，就肯定有人的文凭是买的。人家就会装，还管自己叫"白领"。

有则关于招聘的笑话：某人想找份挣大钱的工作，一直未能如愿。这次又要去人才交流大会上应聘。去之前当然要准备简历了，这是常识，他懂。可自己的简历怎么写他却为难了，因为这回他怀里揣着两份买来的文凭。苦思冥想后他灵机一动，为自己写了一副对联，上联是：理工科坐过清华大教室，下联是：文史类睡在北大小宿舍。横批软了点：想找工作。然后，他就胸有成竹地上会了。他究竟找没找到工作，不得而知，讲故事的人只说，有位管招聘的老先生送给他八个字：真

刀真枪你怕不怕？

那位老先生大约是齐湣王转世，不大喜欢听三百人一起吹竽。只可惜我们还有许多人爱听合奏，这就给假文凭持有人，留下了滥竽充数的机会。也就无怪乎现代的"南郭"们要进行"自我装修"了。

但愿"自我装修"过的人，扔掉贴墙纸，别做驴粪蛋。

发表于2001年5月《新华日报》

春寒料峭的晚上

春，来得并不坚决，天还没暖，西伯利亚的寒风又南下了。许多天了，北京大风呼啸，黄沙漫天，气温骤降。人们也重新穿回了冬装。

这个春寒料峭的晚上，他和她留在我的记忆里。不是什么特殊的人物，两位来自外省的年轻男女，拘谨，羞涩。在一个小十字路口，我与妻晚饭后去看望一位朋友，回家的路上，遇到了他们。

我居住的地方，挨近一小段古城墙遗址。这段残存的古城墙，不长，东西向大约有五百米吧，从古至今，它在历史的磨难中耸立了数百年，每一块砖石上，都流溢着北京深厚的历史文明。这段古城墙遗址，绵延伸展的残垣断壁上荒草稀疏，在远天衬托下，显得古朴苍凉。城墙残破处，虽可见新的修补，却不失它曾经的威严。靠近城墙的南边，是一狭长宽敞的空场，种植着许多树木和花草。从城墙东角楼转向北约一公里处，是国内仅存的非常古老的古观象台，站在城墙下面仰头望去，能看见"司天台"上的天象观测仪。从古观象台逶迤至东便门角楼以东，是北京交通要道"东二环路"，也是北京的重要交通枢纽，在城墙东南角的东便门箭楼下，公路和铁路的立体交叉桥重叠，现代化交通四散放射，贯通了北京的四面八方。明城墙遗址，现在已经被开发成一个旅游景点。城墙北侧是北京火车站；它的南面是居民区，一条宽敞的大道从这里通向北京的南城。每到夜幕降临，周围的小区和街道亮起街灯，处处灯火辉煌。不远处的古城墙附近，却被繁茂的树木映衬得黑乎乎一片，静谧而神秘。

我和妻晚饭后散步，常常走过这里，与沿小径挽手徜徉的年轻人擦肩而过，看老年人在路灯微光里翩翩起舞，都市中的夜晚，难得这样清净去处。

今天在散步时，我忽然想起一位久未探望的朋友，便临时决定去他家坐坐。从朋友家出来，已经是深夜了。在回家的路上，我和妻遇到了这两位外省来的青年人。当时，我们正站在路边街灯的暗影里，在十字路口等候交通绿灯。

大叔！他叫我。声音中带着惶惑与胆怯。

我转过头，看到他，矮身材，不胖，穿着深色外衣。很厚的羽绒服，使他看上去臃肿。站在他身边的女青年身量也不高，比男人苗条许多，紫红色毛呢外衣，裹着她消瘦的身体，脖子上围了条浅色格子围巾。我看到男人手里提着一个样式陈旧的提包，提着包的手，很轻松的样子。此外，俩人没有其他行李了。

男人问：大叔，请问附近哪里有便宜的饭馆？

女青年站在他身后一米左右的地方，刚好有高楼斜下的阴影覆盖着她。

平时，我出门散步，多是出家门向西，一公里外的街角处有个三层楼的新华书店，走到那里时，我常拐进书店，在里面随意地转转，看看书。我觉得在书店的书架间逡巡徘徊，闻着淡淡的纸墨香，是非常享受的事情。遇到喜欢的书，有时候当即买下，有时候记下书名，回家后在网上书店购买。在网上书店买书，方便，也省钱，新书刚出版，网上立刻有折扣优惠给买书的人，还有快递公司的年轻小伙子把书给送到家里。可是，在网上买书，却没有在书店里那种书海徜徉的快乐了。鱼与熊掌，不能兼得啊。

我住家的东边，也是居民区，我的朋友就住在这里。这个小区，除了十几幢居民楼，还有两所学校，一个幼儿园。白天这里人来人往，到了晚上，却少有人走动了。这春寒料峭的夜晚，则更显冷清。由于到这边来得少，我对周围的情况不很熟悉，倒被这两位年轻人问住了。我张口结舌，迅速地在记忆里搜寻附近哪里有小饭馆时，妻说，前边有个二十四小时店，里边有面条，大碗五元，小碗三元，有刀削面、牛肉面和大饼。

她这么说，我便想起了，很久前我还在那儿吃过一次刀削面，很大的碗，虽不是地道的山西刀削面口味，但经营者做工很尽心，口味咸淡也说得过去，还有辣油米醋大蒜香菜等作料自理，填饱肚子没问题。

我告诉小伙子，并指给他看远处的路。叮嘱他，在路的尽头，看到城墙时，在有红绿灯的丁字路口，你们右转，沿路南侧居民楼下的小路，一直向前走，就会看到那个小店。小伙子和他女友顺着我手指的方向看去，点着头说：谢谢您！谢谢您！说着话，两人挽了手，又回头说谢谢，然后向路尽头的红绿灯走去。

我与妻子过了马路，回身再看小伙子和女青年，见他们走得犹豫。他们看看前方，站下，转回头看看我们，又向前走，再站下看看，过一会儿又向前。我猜，他们一定是看到了古城墙那里的朦胧轮廓，才犹豫的。由于古城墙那边植物茂密，树木高大，街灯的光被遮挡了许多，远远看去，那里黑蒙蒙一团黢黑。隔着马路，我们看他们。妻说，我们走这边绕绕吧，大夜里的，看着他们别走错路，再走错了，怕是连个问路的人都遇不到了，外省人到北京来，不管是旅游，还是创业，多不易。

于是，他们在路东，我和妻在路西，我们一起向北走着。

路上几乎没有行人，偶尔有车快速掠过。

慢慢地，我们一起向北走着，在路的两边。每当他们站下犹豫时，妻都向着路那边挥挥手，示意他们继续向前走，还把手遮在嘴边，拢了声音用力喊：向前走，再向前。

　　早春的夜风，刮得充满力道，裸露的树随风啸叫着，摇摆着。我看了看身边的妻，她的眼睛却始终看着路那边……

2009 年 2 月 24 日

我的读书之乐

　　整理以前的物品和书籍，在一册书里，发现了一张20世纪80年代的借书证，还有借书证的封套。

　　从里面拿出借书证一看，一个年轻的小伙儿，我啊。

　　借书证正面写着：首都图书馆个人借书证。然后是分类：技，0001019，—E。下面是：关胜利。工作单位：北京煤气用具厂。

　　遗憾的是，没有载明哪一年。

　　封套上记载着我那年借过的书：

　　正面：

《加西亚·马尔克斯中短篇小说集》/《伊斯坦布尔的新娘》/《歪斜的复印》《在纳粹铁丝网后面》/《俄国中短篇爱情小说集》/《迷惘》

背面：

《老舍代表作》《医生之家》/《1983—1984短篇小说争鸣集》/《家常事》/《五号街·夕雾楼》《美国当代文学（下）》/《透明的红萝卜》《苏联小说集》/《泰雷兹·拉甘》/《塔里河两岸》/《努尔哈赤传奇》《外国现代派作品选》/《成长》《法国中短篇小说选（下）》/《百年孤独》《情人》/《太阳·土地·人》/《韩少华散文选》/《法学概念讲义》《律师、公正与调解业务》《法国20世纪中短篇小说选（上、下）》

这一个惊奇发现，让我看到了我年轻时读的一些书。于是，我便回忆那时去图书馆时的情景，可以说，几乎是泡在那里，且风雨无阻。记得到后来去图书馆时，常常站在目录前，看着熟悉的书名发呆，或者坐在检阅处，翻阅图书目录浏览。那时看书，饕餮一般，总是先在图书馆里看半天，最少两个小时，然后借上两本回家看（图书馆规定，一次最多只能借走两本）。再往后就不去了。

那时的首都图书馆在北京国子监里面，孔庙西边。国子监

街，明时称"国子监孔庙"，清时称"成贤街"，民国以后称"国子监"。1965年称"国子监街"。"文革"时改名为"红日北路九条"。

这条国子监街，记载着历史，也记录着历代学人的从学足迹。

二十多年过去了，人老了许多，现在基本不去图书馆看书了，虽然现在图书馆新书非常多。去图书馆一是距离远，路上又塞车，交通把时间都占去了，使读书的乐趣掺杂了现代生活的烦恼；另一个是眼下买书方便了。以前你喜欢看的书，大多是买不到的。所以爱读书，也很难。去图书馆看书是最过瘾的办法。还有一个就是，你在书店买不到的书，图书馆里即使有藏，也不会出借给你看，管制还是非常严格的。譬如：《午夜之子》这样的书，在我们的市场上就没有。图书馆里肯定有收藏，但绝不会借给普通读者看。

现在经常逛逛书店，譬如三联、西单图书大厦、王府井新华书店、图书批发市场等。更多的是把书买回家看。我常常是在书店、书市浏览，看上了好书，便记下书名，然后回家在网上订购。网上买书很方便，也便宜许多，还有快递给送到家里，连手提之重都免去了。

读书蛮有乐趣的。

发表于2009年2月16日《中国国土资源报》品读周刊

追忆恩师韩少华先生

我尊敬的恩师去了。

很久了，一直要为韩少华老师写点东西，说说我的文学之始。但一直拖着，拖着，终成遗憾。倏突地，先生竟去了。我没得到先生去世的消息，也没能参加先生的告别会，去再见他一面，送他仙去，由此，铸成悔恨。在北京作家网上看到了先生去世的悼文，猛然间，心中特疼。

与恩师少华先生相识于文学，是我与先生的缘分，由先生鼎力举荐，我走上了文学创作的路。

那年我在一家出产煤气用具的铁工厂生产科工作，刚刚开

始学习文学写作，仅是个文学的追随者，与文学界没有丁点关系，只自己练习着写，几乎从没投稿给文学刊物。究竟写出来的东西成不成样子，根本没谱。为了衡量下自己的水准，便参加了北京作家协会与《北京文学》杂志社举办的文学创作函授班。有幸，在一次面授讲评稿子时，我的短篇小说《躁动》，得到了恩师韩少华先生的认可和推荐，发表于《北京文学》1988年4期。由此，我的文字有了铅印的模样。

那是1988年的初春，具体日子记不清了。在北京燕山石化厂的一个宾馆里，函授班举办面授讲座，参加者三十人左右吧。还有许多当地的文学爱好者，也旁听了著名作家陈建功、韩少华，作协副秘书长陈予一，《北京文学》编辑季恩寿等老师对学员作品的评讲。

第二天下午，一部分质量较好的学员小说、散文和诗歌等作品评讲过了，几位老师都没有提到我的小说。说实话，当时的我，心灰意冷，觉得自己特没出息。晚饭后，大家分别围着老师，讨教写作经验，谈说文学动态。我坐在人群外边，看看大家的兴奋与热情劲儿，想想自己的小说却不被提及，有点愣怔。瞅了个空儿，怯怯地问少华老师，您看过我的那篇小说了吗？少华老师说，你小说是哪篇？我说，《躁动》。

我看到几位有作品得到好评的学员，乜了我一眼。他们一定觉得我这么问问题，太没分寸，搅扰了大家与先生交流的氛围。但此时的少华老师，眼睛亮亮地看着我。他靠在沙发里，看着坐在房间一角的我说，《躁动》是你写的啊，关圣力，我记着呢。明天，明天上午，专门讲你的小说《躁动》。

写到这里时，我的眼睛热了，湿润了，我永远也不会忘记那一天的上午。记忆让我又看到了少华先生当时的音容笑貌，看到了他披着蓝呢子大衣，脖子上搭着条枣红色围巾，安详地坐在沙发里与我们交流。

那时，少华先生虽面色红润，实际身体却不是很好。但他为了中国文学，在教学之外，创作散文和小说，还热心传帮文学后来人。韩少华先生的散文好，小说更好，我读过他的许多作品。

转过天的上午，在一个中型会议室里，大家围坐在一个大大的长方形桌子边。先生先环视了会场，然后高声问：老关！老关来了吗？

当时我不知道先生在喊我。那年我三十六岁，先生已经五十四岁了。他喊"老关"，我是无论如何也不敢把"老关"俩字，与自己联系起来的。他再次喊我，喊着我名字，把我叫到他身边坐下后，才开始了那天的讲评。

让我万万没想到的是，先生把我的小说《躁动》，通篇朗读了一遍。会场上静悄悄的，只有先生浑厚的声音，在会议室中响亮着，所有的人都在用心听先生朗读。我听着，听着，真的不敢相信被先生朗读着的作品，是我写的小说。少华先生融情于他的朗读，抑扬顿挫的声音中，我的作品无疑是被先生的情感升华了。坐在先生身边，我心里热乎乎地"躁动"着，却不敢看先生一眼。小说发表时，先生还专门为我的处女作写了评论。从先生的评论中，我知道了小说应该怎么写，写什么。感恩之情由此存心。

后来得知先生身体不适，我便去左家庄看他。那是我第一次去看望少华先生，也是我第一次到一位著名作家的家里去，崇敬之心可想而知。告别时，先生带病把我送出了老远，一直送到了三里屯北边的友谊商店，那天风很大，我坚持着不让先生再送。少华先生就搂了我的肩，站在风里，又与我聊了许久，鼓励我多写，写好作品。那时我就想，必得认真读书写作，否则都对不起少华恩师的厚爱。

1998年与朋友一起编辑《那个年代中的我们》一书，去少华先生家约稿。那年，少华先生已经因血压高，右半身行动不方便了。在过去的十来年时间中，从1990年开始吧，由于严重的颈椎病，我不能伏案写作了，除了看书，基本没写东西，也很少与文学界的朋友们联系。可十年过去了，先生竟还记得我。刚一进先生家，先生便认出我来，还用含糊不清的话语，对他夫人介绍说，他是关圣力，就是写《躁动》那个作家。我被先生的热情感动了。我知道，这不是先生的记忆力好，而是先生为人热情和亲切。那次韩少华先生不仅答应给我们稿件，还送我一本他的作品集《遛弯儿》，并用左手，非常认真地题写了：圣力同志，祝你好运！还签上了先生的名字。先生的书，我一直珍藏着。

069

今天捧着韩少华先生的书，看着先生那两行歪扭却充满力量的字，我的眼睛，真的湿润了。

谨以此文，颂祷我的恩师韩少华先生，愿他在天之灵，顺畅，安息！

2010年5月8日深夜

梁晓声的尴尬

　　和梁晓声很久没见面了，因为各自都很忙，隔一段时间打个电话问候一下，知道彼此还好也就算是感情的联络吧。

　　前些天，有位读者来信，要问梁晓声几个问题，需要写篇稿子，便去采访梁晓声，也借机去看望他，算是公私兼顾吧。去之前先打了个电话约时间，晓声兄果然很忙，从电话里我就听到了他的家中有许多客人在高谈阔论。

　　未曾开口，我的心里就先犹豫了。梁晓声是个名气了得的作家，社会关注度高，交往很多，为这么一位读者的小问题，他会不会委婉地拒绝啊？可我的疑问纯属多余，晓声兄虽然事务缠身，还是非常爽快地答应了。他说：如果是你的私事，我肯定拒绝你，有什么事情，打个电话说清楚就成了，干吗非得见面，你说是不是？但是读者的事情，我不能怠慢，你也就沾光了。你下午三点钟来吧，我等你，咱们好好聊聊。

我说很长时间不去，怕是找不到你的家门了。晓声兄就笑了笑说：你拿上手机，到楼下给我打个电话，我去外面接你。

我没让晓声兄到外面接我，凭印象我找到了他家。刚一敲门，里面就传出了他的笑声：小关，你可真准时啊。

门开了，我对他说：不好意思让你等我。晓声兄说：怕你真找不到，正准备去外面接你。然后他就沏茶倒水紧忙活。我看到他仍然穿着一件高领毛衣，脖子仍然不是很舒服，就说：我自己来吧，看起来你的颈椎还是老样子。晓声兄说：总是这个样子，需要写的稿子又太多，自己多注意吧。你怎么样，还好吧？他像是自言自语，也不等我回答，就接着说：咱们抓紧时间聊，待会儿还有客人要来，不要让他们影响了咱们的谈话，你回去好对读者有个交代。

说着话，我们进了里屋。还是那张普通的单人床，还是那张简朴的会客方桌，墙上仍然挂着一些美术作品和工艺品。摆好茶，我们开聊。

我虽然是带着读者提问来的，但我们之间的谈话又不能像正常的采访那样一问一答，太严肃太正规反而会使话题受到约束。所以我就一口气把读者要问问题的意思都说出来，由晓声兄去自由发挥。

然后我就听到了晓声兄讲出了生活里那个活生生的他自

己。读者诸君，我把我们的谈话复录出一部分，让您也从梁晓声的平淡生活中，感觉他这个大作家是多么的朴实可爱：

　　许多读者认为我的作品很严肃，其实，在现实生活里我还是主张轻松、幽默、诙谐一些，甚至有点自嘲也是很正常的，尤其是对别人一定要宽松。

　　我以为我们这些人（指作家）不可能对社会和时代起很大的或是决定性的影响，但我们每个人在各自生活的社区、单位和群体中，完全可以凭我们的知识，使这个群体轻松起来，这一点恐怕还是能够做到的。我常常用这个原则要求自己，所以这也是我经常说的：一个人的文章可以写得有棱角，在现实生活里却应该是随和的，对任何人都一样，营造我们轻松的生存范围很重要。反过来就很可怕了，文章写的很"随和"，在现实生活里却充满棱角，变得谁也碰不得，那就是一件非常可怕的事情。

　　这就是说，一个正常人性格不可能是两面的，应该是统一的。因为你写文章的时候，面对的是社会现象，是一个严肃的话题，这时候你的原则立场全是鲜明的，态度也是鲜明的。有时候你的文章还要有论战性，可是在现实生活中，你所面对的任何一个人，都不是你的论敌。甚至在某些具体事情上他跟你的看法不一样，那也不过是一个具体的人跟你不一样，你依然可以和他成为同事。我常常想，既然我们的社会是

这样的发展，那我就要求自己的言行必须和自己的主
张是一致的。可当你这样去做的时候，生活中的许多
事情就经常变得很可笑起来。

听晓声兄这么说，我就猜他这个大作家，可能又被人利用
了，肯定是件幽默的事情，我就笑着按下了采访机的按钮。
晓声看到了我的这个动作，只笑了笑，就接着讲述他的遭遇：

有一次我去看望作家严歌苓和几位朋友，他们住
在燕莎附近。那天下着小雨，我在儿童电影制片厂门
前打出租车。车子停下来我打开车门坐进车里，当我
伸手关车门的时候，一位骑自行车的中年妇女，大约
四十五六岁，戴着金丝眼镜，看样子是个知识分子。
她边骑行边和一位男同志聊天，速度还很快。她可能
没看到停在路边的出租车，或是看到了已经躲不开，
一下子就撞到车门上，脚蹬子剐在的我手上。我的手
当时就紫青紫青的，肿起来了。

我觉得我们路上车特别多，路又窄，车子只能勉
强停在路边，很难避免发生这样的事情，我就什么都
没说，只是坐在车里低着头看自己的红肿的手指。大
约过去了两分钟吧，我突然发现出租车没走，仍然停
在原地。我就问司机师傅为什么不走，司机尴尬地一
笑说：怎么走？我抬头一看，那位中年妇女已经把自
行车横在了出租车前面，满面怒容地瞪着司机，也不

说话。我问司机：她怎么啦？司机说：就因为刚才的事，她不让走啦！我说：她没有受伤啊，受伤的是我啊。这时候，交通已经全部堵塞了。交通警察来了看到这种情况也没办法。因为我是和严歌苓他们约好时间的，现在被堵在这里，心里就非常着急。可那女人把自行车紧紧地贴在出租车上，什么都不说，只是瞪着司机。我着急，可也没办法，只好对司机说：您看我有急事，这车又走不了，那我只好下去另打一辆车了。司机什么都没说，我下了车向前走去。

等我走到电影学院的时候，我回头去看，那辆出租车仍然停在那里。这时我想，这个女人要把司机怎样呢？她怎么会是这样呢？我揉着伤痛的手继续向前走。快走到专利局门前的时候，我又回头去看，出租车仍然停在那里。这时我就产生了一个想法：是我一招手，人家出租车才停在路边，出了这样的事，我反而下车走了，把人家司机扔在那儿。于心不忍啊，对吧。虽然我有急事，虽然严歌苓他们在等我。这么想着，我就转身往回走。话又说回来，我走了也就走了，况且已经走出了这么远，司机也没说什么。可我觉得我就这么走了做人做得不好，违反自己的原则。

我回到出事的地点，把自己的电话号码和工作单位写在一张纸上，对司机说：这个女人要做什么，你可以满足她。我想她无非就是想要点钱，一切费用都由我来负担，这是我的电话号码和工作单位。

这样我才心安理得地走了。等我重新打上车，赶到燕莎的时候，严歌苓他们已经等我一个多小时了。

事情过去的第三天，出租司机打来电话说：那天你走以后，又把我给堵在那里将近一个小时。警察也没有办法处理，警察说什么她都不听，因为那女人不说话，只是愤怒地站在我的车前。最后我只好带着那女人上医院。

听司机说送那女人上医院，我很奇怪，也不能理解，就对司机说：她没有受伤啊，受伤的是我，她上医院干什么呢？

司机说我也不知道，她非要去看病，不上医院她就不走！

人家这样说，我也没办法了，只好约司机见面。我让他把票据拿来，我给他报销。

司机是和他夫人一起来的。一见面，司机夫人就抱怨说：我们招谁惹谁了呢，耽误工夫挣不着钱不说，还得受气！说着就把几张票据递给我。

我说你什么都不要说了，钱由我出就是了。我一看，几张票据加起来二百多元。当时我也想，我这是招谁惹谁了呢，凭什么我得给你报销票据呢！等我把钱给了司机夫人，司机又递过一张白条，上面用圆珠笔写着一千元。我就问：这是什么意思？

司机说：看完病，那女人躺在病床上不起来，非让医生给她开七天假条。医生不给开，说你没病我怎么给你开假条？可那女人愣在病床上躺了足有半个多小时。医生见她泡在那里不走，也没辙了，就无可奈何地给她开了七天假条。假条刚开完，那女人就从床上跳下来揪住我说，我在某房地产公司上班，月薪三千五百元，七天一千多元，零儿我就不要了，你得补偿我一千元的损失。我真怕她那没结没完的"坐地泡"的劲头，我耽误不起工夫啊。您想想，我披星戴月地拉活儿，一天下来才挣多少钱，可她张嘴就要一千元，真狠！我干什么了？我什么也没干啊！当然了您也什么都没干，可我想，您不是给我留下话说，她有什么要求都满足她，所有的费用都由您来负责吗，所以我就给她了。所以，这钱您也得给我报销。

事情到这里似乎就结束了，我没有坐车，可我得替司机承担责任！而且，被撞伤的是我，不是那女人。受伤的人没有去看病，没受伤的人反而去看医生。我还得给撞我的人出钱看"病"！

至于是不是那个司机骗我，我从来也没想过，我只是想：我们的人际关系不应该是这个样子！

晓声兄讲完了这件事，很平静却无可奈何地摇了摇头。我笑着说：这可能是你的宽容心惹的祸，也可能因为你是大作家，人家才这么做。这种事情，谁都不会容忍，难得你的宽容心啊。至于你有多么委屈，我也不管了，我要把这件事写给读者看，让读者和我一起感觉一回大作家梁晓声，感觉你在生活

里是个怎样真实、平和的人！我们的社会里，人们相互间要是多些宽容，多些理解，多些自尊，都那么和和气气的多好啊。

2000 年 12 月 12 日

闻老师和白菜头

上小学四年级的时候，有位老师给我留下了很深的印象。假如老先生今日还健在，大约该是近百岁了吧。四十年时光，就那么不知不觉地过去了，我忘记了生活中的许多许多事情，得意的和忧愁的，唯独没忘记这位老先生。他能够留在我记忆里，并不是因为他比别的老师高明多少，而是因为一个白菜头。闻先生留在我心里的印记，实在是太深太深，我无论如何都不会忘掉了。

是1961年，还处在三年困难时期，我们每天都在忍受着饥饿的折磨。那时候，粮食实行配给制度，普通居民每人每月

的口粮仅仅二十六斤，有工作的人定量稍微多一点，但也只在三十斤左右。其中绝大部分是玉米面，白面和大米各占百分之十五和百分之十。副食品和蔬菜的品种和数量都不多，食用油每人每月五两，葵花子和花生只在过新年和春节的时候才有二两。而就是这些少得可怜的东西，还要凭本、凭票、排队才能买到。

但因为肚子饿，人们的面部表情就显得格外呆滞和严肃。只有我们这些上学的孩子，在老师的教诲与诱导下，仍然快乐着。我们唱着"让我们荡起双桨……""我们是共产主义接班人……"等歌曲，时时刻刻沉浸在理想的光芒之中。这并不是说我们孩子不饿，而是饿又怎么样？严肃的表情和笑的表情一样，都不能使肚子里没有了饿的感觉！

实话实说，我的学习成绩虽然很好，性格也算和顺，却从来也不在好学生的范畴之内。那时候小学里的课程，并没有现在这么多，学习也没有这样紧张。可能是因为孩子多，学校少，学校里除了五、六年级是整天的课以外，其余基本是半天四节课。学习的课程也没几门，就是语文、算术、政治，地理和自然算一门课，书都是薄薄的，几本书加起来也没多厚，稍大点的书包，永远显得空空荡荡。因为课程少，我又不傻，所以学习起来挺轻松，成绩也总能保持在第一阵营之中。

但是为什么说自己不在好学生之列呢？因为我不爱听老师讲课。闹倒是不闹，也没有"招猫逗狗"似的小动作，唯一的毛病是无论上什么课永远看课外书。虽然那个时候我们没有多少书可看，但像什么《钢铁是怎样炼成的》《鸡毛信》《十万个为什么》《敌后武工队》《八十天环游地球》等书，对于小学生来说，还算是够看的。学生上课看课外书，年轻一点，要求不很严的老师，基本上不管，只要你的成绩过得去就行。但有的老师却很较真儿。他在上面讲课，你低头看课外书，急喽他就用粉笔头拽你，而且命中率非常高，十有七八能准确地拽到你的小课桌上。还看，他敢用教鞭打你。这些老师的心目中信奉的是"师道尊严"，推崇的是严师出高徒的传统教育方法。所以，他用教鞭打学生，虽然在形式上说不通，可往深喽探究，却是爱我们，正所谓恨铁不成钢。老师用教鞭打我们的时候，虽说下手不是很重，却也严厉得让我们害怕。

那时候，就因为我上课看课外书，脑袋就经常被这样的教鞭抽打。那细细的小竹棍儿，打在脑袋上真的很疼呢。可喜的是，我的脑袋瓜儿，虽说也没有因为被老师抽打几下，而变得更聪明，却也没变得更傻。但究竟能不能算老师们希望的那种"高徒"，算不算师长们理想中的接班人，我自己不敢说。反正没有沦落到去做"膏粱"，没有变成人云亦云没有一点自己的想法的"痴傻呆茶"，老师们大约也应该满意了吧。

经常打我的是一位教自然地理的老师，姓闻，男性，叫什么名字，上学的时候没问过，现在仍然不知道。老先生五十岁左右吧，一脑袋的白头发，留寸头，个子矮矮的，说话的声音很大，精神非常好，满脸的红光。从表面看，瞧不出老先生也在被饥饿折磨着。我们学生就不一样了，大都瘦，小细脖子大脑壳，脸蛋也不红润。可即使这样，大人们仍然管我们叫"祖国的花朵"！

　　闻老师行动坐卧俨然一个清代遗留下来的老学究。他衣着简朴干净，行为古板，不管天气是冷是热，他领口处的纽扣，永远是扣住的。看着闻先生循规蹈矩的外表，我们不得不肃然起敬。由于闻先生教课非常认真，对学生的要求也严格，再加上他常常以教鞭与学生对话，所以他的课堂上总是很安静，几个调皮捣蛋的学生都变得规矩了许多，几乎不敢乱说乱动。然而，规矩只是表面的现象。其实呢，我们这些小坏蛋的心里，是各怀诡计。就像鲁迅先生说的，静默三分钟，强盗想拳经。想想，也许真的是这样，在人世间真能有什么力量将人的心灵束缚住吗？假如有，这心灵就很悲哀了。如此想法，是从我小时候，就深深印在我的灵魂里的。我老觉得，除了善良是人人心中应有的德行以外，其他诸如什么哲学啊，等等，人类社会的副产品，都可以灵活对待，真的不必把所有的人都放到一种模具中去塑造。尤其是心灵，更应该有个自由畅想的空间。为人者，从善如流就足够了。

　　闻老师除了教我们自然和地理课以外，还兼教珠算课。上课时，我虽也规规矩矩地坐在那里，但实际上还是在看课外书。我很爱听闻老师讲课，他那略显苍老，却很浑厚的声音，讲课很好听的，像有磁石一样的吸引力。他从不照本宣科，而是随意地发挥，还能把许多历史故事穿插在自然和地理的课文中间。教珠算的时候，他先把一把很大的、竹棍上有毛的算盘挂在黑板上，然后就一边扒拉算盘子儿，一边教我们口诀。

　　但与老师上课不能总讲历史故事，不讲自然和地理一样，我也不能放弃了我的爱好而不看课外书。为了躲避教鞭的袭击，凡是遇到闻老师的课，我都加倍地小心，只不动声色地坐在座位上，微微地低了头，两眼盯着书桌下面的课外书，连翻页都是轻得不能再轻。

然而，孙猴子永远逃不出佛祖的手掌心，我也逃不过闻老先生的眼睛，老师似乎有种奇特的感觉，又好像是和我过不去，他的教鞭总是在我聚精会神地沉浸到《海底两万里》的时候，恰到好处地抽打在我的头上。闻老师走路很轻很快，根本没法预防。细小的竹棍儿，啪啪啪地抽打在我的课桌上和我的头上，敲跑了我正在自然幻想着的神灵。闻老师可能并非真要打我，但我脑袋确实感觉很疼。被抽打了许多许多次以后，我仍然改不了上课看课外书的毛病。因为那些书，对我的诱惑实在是太大了，超出了我们很乏味、很死板的教科书不知多少倍。

一个冬天下午的第四节课，正是闻老师的自然课。不知道为什么，那天，闻先生大发脾气，他狠狠地抽打了我的脑袋以后，又气愤地把我赶出了教室。我很害怕。老先生挥舞着教鞭，高声喊道：出去！滚出去！

我的自然教科书和一本竖排版的《三国演义》，随着老师的喊声，从窗口飞出了教室。闻老师矮小精悍的身形，很快地从窗户那边飘到教室门边，他拉开门，转回身，两眼放射着我看都不敢看的光芒，用教鞭指着外面喊：滚出去！

我不想滚出去，虽然我很想出去找回我心爱的书，但我知道，只要我一走出教室，这节课就甭打算再进来。还有呢，我们的教室虽很简陋，但仍然比外面暖和啊。冬天在操场上罚

站？啊，那后果，想都不用想，我又不傻。我赖在座位边上站着不动，可我拗不过脾气比我还要倔强的闻老师。我终于无可奈何地顺着闻老师的教鞭"滚"出了教室。我的脚刚刚迈出教室，门就在我的身后"砰"的一声关上了。

我们的教室是平房，出了教室就是操场，我跑着绕到教室有窗口的一侧去找我的书。书散乱地躺在冰凉的土地上，在冷风的吹拂里欢快地哆嗦着，听得见它"哗啦啦……哗啦啦……"很轻的"呻吟"声。我蹲下身，把两本书拿起来，轻轻掸去上面的浮土，把它们摞在一起揣进棉衣里，紧紧地抱在胸前。

操场上空空荡荡，没有一个人。听得见同学们朗诵课文的声音，从教室里传出。我看看我们的教室，希望闻老师出来把我叫回去上课，但是没有，教室的门紧紧地关着。好的结局，永远是我们安慰自己的想法。没过多一会儿，我就感到了冬天的寒冷是多么的无情无义。也可能是因为我们肚子里的油水不大，每天摄入身体里的食品营养不足，卡路里不够量，我的手脚被冻得发麻发木，虽不停地搓手，不停地跳动也无济于事。我把两手揣进袖口，缩了脖子，浑身颤抖着站在冷风习习的操场上，眼巴巴地看着教室的门。这个时候，天已经黑下来，西北风也不失时机地肆虐起来。寒冷的风，从我的领口和袖口钻进，刀片似的在我的身体各处嬉皮笑脸地随意地滑动，很快就将冰冷的感觉穿透了我的皮肤。

为了抵御寒冷给我带来的威胁，我跑到双杠处去活动。那木头杠子很凉很凉，我抓住它，从这头跃上去，翻过右边的杠子，跑向另一头。然后我转身在杠子的那头，重复这样的动作，跳上跳下，周而复始。累了，我就歇一会儿。冷了，我再跑一会儿，没结没完。黄昏的操场上，只有我瘦小的身影孤独地活跃着，反正我不能傻站在这冬天的冷风里挨冻！

下课的铃声终于响了！所有的同学随着铃声冲出教室，一哄而散，那活蹦乱跳的样子，就像在圈里憋了一宿的羊羔，终于可以冲出束缚，重回草原了。

同学们散尽后，闻老师没有到操场上来喊我。我以为我被老师遗忘了，心里藏着"可以回家了"的兴奋，跑回教室去拿书包。可我刚走进教室，就看到闻老师坐在讲台边等着我。看到我进来，闻老师站起身，很平静地说，拿书包，跟我去办公室。

我拿了书包，跟闻老师到了办公室。我以为等着我的一定是一顿劈头盖脸的批评，但是没有。进了办公室，闻老师不理我，只低头翻腾他的提包，我只好不知所措地站在一边。只一会儿，闻老师转过身对我说，把书包放在这儿，去给我买一份《北京晚报》、一个火烧。说着话，他递给我八分钱、二两粮票。看我接过钱和粮票，闻老师拿起暖壶，搂着我的肩膀和我一起走出了教室。经过水房的时候，他说，你先去洗洗手。

我飞跑着出了学校，沿着黑暗的小道，直奔朝外大街去给老师买报纸和火烧。我先到工人俱乐部门前的报摊，用二分钱买了一份《北京晚报》，又跑向坛口的清真小吃店去买火烧。小吃店里的人不多，食品也不多。我一眼就看到了放在笸箩里的火烧，那些火烧干巴巴的没什么油水，却很香，满屋子都是香味儿。女服务员用一张微微发黄的草纸包了那火烧递给我，接过火烧，我感到它还是热乎乎的。在回学校的路上，我好几次把火烧举到鼻子前闻它的香味儿。它真香啊，闻它的香味儿的时候，我知道我的口水都要流出来了，但我不敢咬它，它是老师的口粮。很小的我，已经懂得了配给是怎么回事。

为了减少火烧带给我的诱惑，我一路小跑着回到学校。走进办公室的时候，我看见闻老师正坐在办公桌旁看书。他的一只手攥扶在水杯上，腰背微微弯曲着伏在桌前，一头白发在昏黄的桌灯前分外抢眼。我站在办公室门前刚要喊报告，还没喊，闻老师就说进来吧。我把报纸和火烧递给老师，又站在一边，低下头等着老师的批评。

闻老师什么都没说，也许他根本就没想批评我。他站起身，把火烧掰下一半儿，递给我说，给！你吃这个，快回家吧。以后上课别看课外书了！学生嘛，就得好好念书。说着话，闻老师已经把另一半火烧放到了嘴边，贪婪地咬了一大口。

这半个火烧对饥饿的我来说，其诱惑要比任何书籍对我的诱惑还大。可我没有去接老师递给我的火烧。我知道老师和我们一样，每天只有不足一斤粮食的配给，我怎么能吃掉别人的食品呢。我垂了两手，默默地走到办公桌边去拿我的书包。我看到书包上还放着一本书，拿起来看看，是冰心的《寄小读者》，书的纸页已经泛黄。闻老师说，拿着吧，送给你的。

闻老师放下他自己那半火烧，拿着他刚刚掰给我的一半重新塞在我的手里。然后，用手胡噜了我的脑袋一下说，还疼吗？你个犟小子！

我是举着那半个火烧回家的，一路上，我又无数次把它举到鼻子前闻它的香味儿。虽然我很想吃掉它，但终于没吃，我要让家长看看，然后再决定是否吃掉它。

假如我那天吃掉了这半个火烧，可能今天已经记不起闻老师了。回到家，我把老师给我的火烧拿给父母看，他们却异口同声地让我快把它给老师送回去。父母说，每个人都有自己的粮食定量，怎么能要老师的火烧呢！

放下书包，我又举着那半个火烧向学校跑。我记得当时的风非常大，昏黄的街灯在大风的掠劫下，无奈地摇晃，灯罩的接合部，还发出"吱吱吱"互相摩擦的怪声。转过神路街快到受孤堂那个垃圾站的时候，我猛地听见闻老师的喊叫声：我先！我先看见的！！

另一个声音也大叫着：我先看见的！我！我！！……

吵闹声中，我放慢脚步，停在一个很黑的树影处看垃圾站那里发生了什么事。我看到两个男人在垃圾站边上扭打着，还互相大声喊叫着呵斥对方，他们的情绪都很激动也很愤怒。是闻老师，我熟悉他那矮小的身体和他黑色的提包。另一个男人大约也是个知识分子，因为他戴着眼镜，穿了一件深色的呢子大衣，手里也提了个黑色的皮革包。他们争吵得不可开交，声音赛着大，手也胡乱地舞动着，疾速扭动着的脚步，把垃圾站搅得尘土飞扬。我仔细看，俩人好像是在争抢什么东西。

我举着闻老师给我的半个火烧，悄悄地站在树影里看着他们。渐渐地，我听明白了。他们是为一个白菜头而吵了起来。俩人都说是自己先看到的，白菜头在闻老师的手里拿着。那个

人却紧紧地抓着闻老师棉衣的衣领，像提小鸡似的把闻老师拽到面前，还不断地用另一只手去抢闻老师手里的白菜头。那个人虽然也瘦，但身材高出闻老师许多。闻老师在他的揪拽下，一边吃力地挣扎，一边机警地躲闪，同时还不停地大喊大叫。

这时候，已经又有几个过路的人站住围观了。我感觉自己的眼睛湿润了，热热的泪在眼眶里转悠。我想跑过去，把火烧还给闻老师，告诉他别和人家争白菜头了，我还想冲上去踢打或是抓咬那个男人，帮闻老师去抢夺白菜头，可我不敢。闻老师是知识分子，知识分子都好面子，我怕闻老师知道自己和别人争一个白菜头被学生看见而难过。我想走，却迈不开脚步，心里却盼着闻老师能够赢得那个白菜头。因为那毕竟是白菜的头，是可以熬汤喝的啊。

突然间，也不知道为什么，闻老师和那人不再争吵，只悄悄地嘀咕着什么。我听不见，也不敢近前去听。就看他们嘀咕了一会儿，俩人便各自拍打身上的尘土，然后一起离开了垃圾站，向北走去。

我站在黑暗的树影里，看着手里的半个火烧，看着闻老师矮小的背影，我的眼泪终于流了出来……

2002 年 5 月 21 日

下　篇

角儿与粉丝

"角（jué）儿"这个名词，是过去式，现今的人说"角（jué）色"，指代却一样。"粉丝"是由外来语演进而成，指的是追星的人。它的字面意义就是粉丝，一种淀粉制作的食品，原意与新意混用，说的就是追星的群体了，也有把他们简称为"粉"的。

本文要说的角儿，不单指演艺界较活跃的演员，还包括各行各业的有点脸面，又喜欢被追捧的人。他那脸面是怎么糊弄出来的，咱们也不追究，反正是突然间有了名气，有了众多的粉丝。也有做了粉丝的人，觉得"粉丝"这东西太软，自称"钢丝",以表示自己追随的坚硬。甭管这厮那厮,也不管是淀粉还是钢铁的质量,凡是丝,都得有个"角儿"式的东西做阀。

眼下的捧角儿,不同于早先有权有闲有钱有势力的人们捧戏子。那时,大小政客,地方军阀,还有集团性质的黑社会,或做买卖撞了财神挣到大钱的商人们,闲了时,要听戏,听戏的目的,并非他们多么高雅,懂得艺术,而是要捧个角儿玩,把这当成一乐,借以消磨时间,同时也能显示自己的做派和在人群中的重要性,追求的是场面。

早先捧角儿的人,很有气势,霸道得好看。在戏园子里,爷弄张桌子,端着架子当间儿一坐,眼前泡壶茉莉花茶,嗑着瓜子儿或嚼着油炸开花豆儿,两边陪着师爷或夫人,身后站着打手或马弁,戏演到节骨眼上,当间儿的这位,抽冷子大喊一声:好!台上的角儿便扭捏得更加起劲儿。喊好的爷高兴了,要给赏钱,有时候还是蛮大方的。而今偶尔还能见到这活儿,在东北二人转的场子里,演到高潮处,台下常有人递上或抛上红色大钞。

愚生已晚,没见过小剧场里捧戏子的大场面。推测凡捧角儿之人,甭管官商军阀或地痞老大,大约只图个脸面火爆,听一声某某角儿是某某爷捧红了的,就自觉得意,绝非为打戏子身上捞钱。当然了,被捧之戏子,往往因此蹿红,往后的戏票会涨价,得着无边无沿的好处,对捧他(她)的人,多给个媚笑什么的,给他抱抱身子拍拍臀部也是值得的。譬如京戏越剧坠子秦腔梆子黄梅戏等戏剧中的红角儿们,都曾有过被捧的传

说，且绝没有假冒伪劣的东西。被捧的角儿们，往往能顺势造就了他们所在行当的艺术之巅，不枉了闲人们的吹捧。功劳是双方的。由此可见，捧角儿的人要捧谁，不会盲目，他们绝不捧二不愣子没出息的混混儿。戏子出名或说艺术传承，捧角儿的人也有功劳。早先被捧之戏子，顶天了被称为角儿，或名角儿。

本文所说戏子，绝无贬义，其曾经是对这个行当的准确表述。因现在的人们，不喜欢被称为戏子，所以这个称呼早就不在熟语之内了。又因被捧之人不仅是戏剧工作者，还包括了唱歌和演小品等靠演艺打拼的人。现实，大伙喜欢被称为演员，被捧之后，有著名二字前冠，为著名演员，然后便可称艺术家，再而冠王或冠后，可说是红得混沌。

不同的是现在捧角儿的活儿，不是早先的版本，或许也有官商地痞等人参与其间，可他们很少在台下直接喊好，阴捧，一个电话，某某便立刻红起来。还有就是商人想拿谁挣钱时，也要捧他（她）。被捧者怎么红的，彼此心知肚明，更多的看客们却并不知实情。不知道内幕的细节，不影响在台下围观和闻风起哄。被捧者一上台，往往是只要一报某某的名，台下围观者们便弄出山呼海啸，甚至拍巴掌跺脚撅蹦儿；无能力围观者，也不甘心落后，独自在家激动叫好，甚至流眼泪的人也是有的。为的是一旦与同事闲聊时说起某某，自己也有个说嘴的素材。还有与以前不同的地方，眼下这些被捧者，往往不像前辈那般扭捏羞涩，而是极尽挑逗之手腕。向台下黑压压的人群一抹搭眼皮儿，弄个飞眼，噘起小嘴儿，冲黑暗中弄出吱儿的一声响，挥挥胳膊使手指一指空气，台下万众立时撒欢儿，自觉那飞眼是给他传情，那吱儿的一响也是实实吻在自己的唇上。

用眼下流行话说，这叫"追星"。

戏子们随着时代的变迁，由角儿转换为"星星"，也不再局限于戏台上，哪个行业的都有，如球星、泳星、舞星，甚至有了天王和天后，捧角的人也由爷转换为"粉"。于广义的角儿们说，真是个名称的飞跃，由地升了空，个个都幻化成星了，他们也觉得自己能挂在半空闪光亮。于各位的行当说，那质量却没见什么起色。

由爷变"粉"的人，地位却大不如前，稍有堕落的嫌疑。

在其他行业中，也有捧角儿的事发生，譬如文学界。无论男女老少的被捧者，常是抽冷子就红了。虽说没有戏子们闹得那么轰轰烈烈，也没叫什么星星，可却也着实不善，被捧他们的粉丝们叫作"天才"什么什么的。粉丝们自觉自愿，大有认祖归宗的劲儿。

其实，这与花钱买票捧戏子的活儿相同又不同。相同的是：你得花钱买票（或买别的东西），你得费时费力地站脚助威，出现了不好的情况，你得负责上网帮忙打嘴架，骂狠话，且需做出真生气的模样；不同的是：早先的被捧的人，大都感谢捧他们的人，且不问人家的出身和行业，逢年过节时都要去请个安，道声"爷，您万福！"眼下被捧的人，却对捧他们的人不闻不问，尤其是对花钱买票或买东西的粉丝们，多是不屑一顾的。再者，被捧的人，得了名声，揽了钱财，私下里生猛

海鲜地造；粉丝们则不管境况好坏，都得躬起后脊梁拉车耪地地去挣钱，以备下回跺脚喊好之需资。

不信我的话，您可以试试。

哪天您在街上遇到了您捧过的"角儿"，甭管是戏子或其他行当里的被捧者，你上前去对她（他）说：姐（哥），我是你的粉，我捧过你。然后你讨好她（他）说，有人质疑你是假唱假写呢。她（他）要是白你一眼或背身而去，算是修炼好的。说不定就会骂骂咧咧给你听，甚至抡起小手或大手抽你的脸。没准，还要把你告到法院呢。

角儿，粉丝，嘿嘿……

2012 年 2 月 2 日

怀柔记

曾听过一个关于寒号鸟的故事，那时我很小，并不知道什么是寒号鸟，也不知道它们生活在什么地方。只记得是玛嬷（满族人对祖母的称呼）哄我睡觉时，轻轻地拍着我，给我讲这种鸟的故事。玛嬷说，寒号鸟生活在高山峻岭间，长相怪异，十分难看，像老鼠，却有翅膀，大圆眼睛，长耳朵，能在树枝上攀缘，还能够在天空中飞行。这种怪异的小东西，张开四肢，后背便形成一个很大的四方形翅膀（肉膜），还有毛茸茸的大尾巴。夏天，它们会长出丰盛的羽毛，到了冬天，寒号鸟的羽毛便会掉光，全身肉滚滚的。每到夜间，寒号鸟会不停

地叫唤，夏天时，它的叫声音谐"凤凰不如我"，冬天时的叫声则很像"得过且过"。玛嬷还说，它的粪便是珍贵的中药材，很值钱。寒号鸟知道自己的粪便珍贵，便养成了"千里打食，一处拉屎"的习惯。寒号鸟的窝，建筑在很高很陡峭的悬崖上，为的是不让人把它们的粪便拿走。

那时，我便对这种小东西充满了好奇，总想有一天，能目睹它神秘的怪模样。长大了，为了满足自己的好奇心，我特意查阅了有关寒号鸟的书籍，知道了寒号鸟的正确名称叫复齿鼯鼠。据《本草纲目》记载："其粪便名五灵脂者，谓状如凝脂，而受五行之气也。"五灵脂性味甘温，无毒，入肝经，具有疏通血脉，散瘀止痛的功效，更是妇科要药。非常珍贵。在民间，人们往往俗称它为寒号虫。后来自己有了孩子，还给他买了一本关于寒号鸟的儿童画册。书里面有首讽刺寒号鸟的儿歌：哆啰啰，哆啰啰，寒风冻死我，明天就垒窝。儿歌把寒号鸟譬喻为懒惰的鸟，说它总想着为自己垒个窝，却永远不动手，直到冬天来临，它仍然在唱着自己的歌。我猜这一定是作者没见过寒号鸟窝，而望名生义，或者听过寒号鸟"得过且过"的叫唤声，误以为这种"鸟"根本没有固定的巢，所以才创作了这首与事实相拗的儿歌。

参加工作后，单位里刚好有两位家住怀柔的师傅，一位姓张，家在庙城，一位姓李，住崎峰茶村。工间闲聊时，他们讲述了自己家乡的大山里有种寒号虫，很多很多。有村民在农闲时，去掏寒号虫窝里的粪便，卖给中药铺，或到供销社换盐换鸡蛋，贴补家用。为了掏到更多寒号鸟的粪便，许多采药人会

097

不顾危险，爬到高高的山顶，再用绳子拴在腰间，攀缘到悬崖峭壁去掏寒号虫的窝。结果，有掏药人，被寒号鸟咬断绳索，从陡峭的大山上摔下去，丢了性命。可不管怎么说，在20世纪我们的生活极端贫困时，寒号鸟的粪便，毕竟能给贫苦的农民带来换钱的机会，也使他们艰难的生活有了些改善。冒险有时候是无奈的。富饶的自然界，总是厚待人类。

由于那时交通不发达，信息闭塞，记忆里的怀柔县（现已经更名为怀柔区），离北京城很远，总以为怀柔的那些大山，很高很神秘，荒芜得充满恐怖。

第一次去怀柔，是20世纪70年代初。我对师傅说，我想爬山去看看寒号虫的窝。两位师傅说，好啊，来吧，在家里住几天，咱们一起去爬山。当年从北京城区去怀柔，想当天再返回来，是绝对办不到的。

那年春节放假，我从北京西直门火车站，坐慢车去怀柔，火车到庙城站，大约开了近五个小时。太阳已歪到了西山顶，第一天我住在了庙城的张万和师傅家。师娘给我包了饺子，还煮了用手捏成的元宵。饺子缺油少盐，却很好吃。元宵也不像我们现在吃的元宵雪白绵润，从锅里捞出来时，那元宵呈深紫色，外表很光滑。那年月，我们国家的经济十分困难，粮食按人按定量配给，此外就再没什么可以吃的，所以吃这种怪异的元宵时，我觉得味道还是蛮香甜的。

第二天早晨，张师傅带我去看怀柔水库。站在大坝上，我看到被大山环抱着的怀柔水库，在寒冷的气温下，已经被冰封冻住了。整个水库，像面大镜子一样静静地摆放在群山之间，

真是美丽极了。在很远的地方，水库的冰面上，有一条长达上千米的白色冰裂。我从没见过这样的自然景象，因冻胀而翻离冰面的碎冰，都是翻向一个侧面的，非常壮观。我问师傅，这是为什么。他没直接回答我的问题，大约也不知道究竟，只是说，冰裂的时候，没有人看到过，它总是在夜里崩裂，声音很大，轰轰隆隆的非常吓人。他说，传说水库里面有条大鱼。怀柔的冬天特冷，水库的水早早便封冻成冰。时候久了，里面的大鱼在水库里感觉憋闷，就用后背把冰拱翻了。

离开水库，我和张师傅在路边等候去往崎峰茶村方向的车。但我们没等到公共客车，师傅便拦了辆装有柴火的手扶拖拉机。我和师傅坐在拖拉机后面的车斗里，天气很冷，我没戴帽子，只穿了件短款大衣。我把大衣的栽绒领子立起来，仍然挡不住寒冷的空气，风像鞭子一样抽在脸上，生疼生疼的。山道很窄，也不平整，到处坑坑洼洼，车轮滚动，大风扬尘，一路上真是又脏又辛苦。还可见到从山体滑落的碎石，堆积在路边，甚至占去多半个路面。手扶拖拉机左躲右闪小心翼翼地走着。虽然拖拉机开得慢吞吞，仍然十分颠簸，坐在柴火垛上，我感觉浑身的骨头都快给颠酥了，抓住车帮的手，也被冻得麻木。到崎峰茶村时，天已经黄昏。

留在记忆里的怀柔崎峰茶村，贫穷，荒凉，遥远。尤其李师傅穿的那双布鞋，永存在我的记忆中。那双鞋宽厚笨重，真正轮胎底。底子足有半寸多厚，是直接从汽车轮胎上划下来的。李金库师傅说，这样的鞋，经磨也防滑，走山路好用，非穿着它，上山拾柴火才踏实。

我站在崎峰茶沟底，举着一个小望远镜向山顶望去，山是光秃秃荒芜的山，视野中是黄褐色裸露的山体，稀疏的荆条棵子，散乱地长在山坡上，干瘦的枝条，在啸叫着的山风掠劫下颤抖，似乎看不到一点活着的希望。李师傅指着山顶最陡峭处让我看。在那刀削般的陡峭悬崖上，我看到许多小孔洞和裂缝，不时有鸟飞进飞出。师傅说，那些小洞穴，就是寒号虫的窝。我仰着头凝神细看，那些小洞口处，黑乎乎地粘腻着什么东西。看那些密密麻麻排列在山壁上的小洞穴，心中不免感叹，采药人要想接近寒号虫的窝，掏出它们的粪便，是多么不容易啊！这么想着，我便在心里发誓，绝不再到怀柔来。

可我还是来了。2006年，我曾两次到长哨营满族乡七道梁正白旗新村，在农家小院里住了几天，亲身感受了怀柔农村发生的变化。2010年8月，又随北京作家协会，到怀柔区采风。

这次到怀柔，感受很深，并为新世纪的新怀柔，写下了这篇散文：怀柔记。

我们从北京北二环路边的解放军歌剧院处出发，沿京承高速路往北，一路畅通，大客车只开了一个多小时，就到了怀柔城区。经济发展，路也顺畅了，人们出差，旅游，再也没有舟车劳顿之累。怀柔，在今天，再也不是遥远的地方。

车进怀柔时，我从车窗望出去，路边满是绿色，生机勃勃。再远处可见城区的居民小区，掩映在团团绿树间。今日怀柔，真的很美。这次看到的怀柔，绝不是我记忆里那个荒凉得使人心碎的地方了。

先到琉璃庙镇的自然生态风景胜地白河湾，再到古村杨树

下，美妙的自然风光，淳朴的民风民俗，给我留下了深刻印象。一路上，我坐在车里，从记忆中，试图寻找当年怀柔留在心中的印记。然而，没有，真的没有。车行几十公里，怀柔的村村镇镇，处处清新。路边的群山，有云雾缭绕，绿色朦胧中鸟叫虫鸣，毛茸茸闹哄哄地充满了自然的活力。长满绿色植物的山体，骄傲地隆起着，向上，向前，蜿蜒成层层叠翠的绿色屏障，向远方，一直地伸向远方。车沿山间公路盘旋前进，偶尔可见大山上向外探出坚硬狰狞的怪石。这些悬在半空的巨石，仿佛在述说燕山山脉远古的崛起。此时此刻，臆想中，似能听到大地变迁时轰隆轰隆的闷响。其实，大山里很静，只有汽车奔驰时搅动得空气旋转。车贴山边掠过时，仰头探看，会见切削大山时留下的痕迹，巨大光滑的岩石面，昂首挺胸，层层重叠，棱角分明，苍凉中显现着沉稳与坚毅，仿佛在诉说今日怀柔的粗犷与娇媚。想想，当年的山，也是这山，却荒芜得几乎寸草不生。民之疾苦，可想而知，现在想想都让人心酸。

　　徜徉在白河湾旅游胜地，有种让我们重回自然的感觉。燕山脚下，白河湾扭曲得柔弱，沿河两岸，忽而狭窄，忽而宽阔，处处野草丛生，团团郁郁葱葱，不知名的山野小花，星星点点散缀其间，缠绕装点着白河。白河水丰厚清澈，静静地流淌，偶尔可见几簇水草漂浮其上，微微晃荡，凝神细观，水面上蹦跳着寸余大小的蜉蝣，一蹿一蹿地移动，伸向半空中的水草上，许多小蜻蜓点水起落，蝴蝶翻飞笑闹，远处还有成群结队的鸭子，悠闲地戏水觅食，真是有趣极了。一切自然的本相，让久居城市的我，体味到白河的清醇与魅力，身处山水之间，心灵都被这静悄悄的自然陶醉了呢，便猛地想起了"白毛浮绿水，红掌拨清波"的诗句。恍惚间，犹如再见五柳先生的桃花源。

沿河边一条碎卵石铺的小路行走，野草齐膝，双脚不时踩进被水洇湿的草丛，低头看看，脚下犹如滩滩点点的湿地，躲闪着，蹦跳着，享受着回归自然的情趣。

沿白河上行，有前安岭、双文铺、狼虎哨等自然村庄。说真格的，这里已经没有一丝一毫我记忆里怀柔山村曾经的模样。那时的民宅低矮破旧，无处不灰暗颓败，而今的民宅，被统一规划，建造得高大漂亮。山村的建设，充分显示了怀柔人的勤劳与淳朴。丰富的想象力与创造力，让怀柔人把自己的家园建设得如诗如画。

走进八宝堂仿古村，你不得不为它清新古朴的建筑赞叹。这里的民宅装饰各具特色，家家院落宽敞干净，洋溢着纯真厚道的民风。京郊旅游，居住在这样的农家小院里，幽静而随意，出门就是大山，就是原野，如返璞归真般的享受，一定惬意极了。还有白河北、青石岭等小村，虽然是走马观花，可大山里小村庄那种淳朴温厚的民俗积淀，仍然让心痴迷，以至流连忘返。

去杨树下村时，车往返两次路过崎峰茶。我隔着车窗玻璃向外看，寻找我记忆里的崎峰茶，寻找那狰狞荒凉的大山，寻找那些建筑在高山峭壁上的寒号鸟窝。然而，我什么也没看到。视野里，山已经满被浓密的绿色植物包裹，眼下是片片庄稼地，肥硕的植株挨挨挤挤，高的是玉米，矮的是蔬菜，再远处便是连成片的果树，有核桃树，有红果树，有山杏树，漫山遍野的是栗子树。北京怀柔的板栗，子实圆润饱满，味道甘甜馥郁，是名噪中外的美食，在清朝时，是专供皇家特享的珍品。怀柔板栗个头虽小，却营养丰富，有补肾健脾、强身壮骨、益胃平肝等功效。据医书记载，板栗富含蛋白质、胡萝卜素、维生素B、钙、磷、锌等营养物质，在民间有"干果之王"的美称。丰硕的农作物，富裕了今日的怀柔人。我想，大约再不会有人肯冒生命危险，去高山之巅掏寒号鸟的粪便换钱活命了吧。

车到杨树下村时，下起了雨，淅淅沥沥的雨丝，把天地连缀成一体。雨中的山村，如洗后般清净澄澈，看着远山上的绿色中漂浮着蒙蒙白雾，听着唰啦唰啦响成一片的细雨声，闻着清甜弥漫的空气，便感觉这个被夹裹在大山间的小村，真的是氤氲天成。

下车漫步，觉得杨树下村，确实是个适合生存的地方。站在村边小广场，放眼望去，两道山岭腾空横卧在小村两侧，大山弯曲处恰好形成了一个小盆地，一条小河弯曲着穿村而过，这里，竟如传说中的聚宝盆似的。

这里原本是荒山野岭，渺无人烟。据记载，19世纪初，有山东青州人士霍姓、靳姓两家人，不忍地方官员欺民霸道，辗转迁徙而来此山中，见此地远离官府闹市，阔卧崇山峻岭之间，地也肥，水缠绕，群山仿佛道道天然屏障，觉得是天赐生存宝地，两家人便止步于杨树下。可千里跋涉，旅途劳顿，从家乡出来时，轻骑简装，并未携带五谷种子等物，便派人到周边有村落的地方求助。怀柔乡民，从来古道热肠，善良为本，见来人并非贪佞的坏人，便慷慨资助，把自己家的谷种慷慨赠予了他们。求得物种后，霍、靳两姓的差人，兴高采烈地跋山涉水返回杨树下。可天有不测风云，或许是他们的磨难还没过去，在他们歇脚时，装有种子的口袋突然无故倾倒。所有的谷种全部撒进巨石裂缝中。这时，夕阳西斜，天地转暗，俩人趴在石缝处想把谷种掏出，可手根本伸不进去。他们急得捶胸顿足，仰天长叹，大呼天欲绝霍、靳两家人。

忽然，一阵山风骤起，呼啸不断，此情此景好不凄凉。无可奈何，两人准备重新返回那善良的人家，再去寻求帮助。这时，奇迹发生了。他们刚刚站起身，随着山风的呼啸声，一群山雀儿飞来。雀儿们个个争先恐后，飞进岩石裂缝，衔出了全部谷种，放到两姓差人的口袋里。于是，霍、靳两家差人，欣喜万分，立刻返回杨树下，说及此事顿觉天助，两家人便安身在杨树下，繁衍生息，兴旺至今。

有人说，这故事就是个民间传说。可这故事却朴实美妙，昭示了这一方土地上生活的人们，善良，勤劳，向往着安定，富足的生活。在杨树下这个古旧的村落里，就是从有了这个美妙的传说后，衍生了感恩天地，拜谢山雀儿的民俗——敛巧饭（又叫敛雀饭）。

如今，这一充满感恩与喜庆的民俗，已演化为具有代表意义的民俗文化。

大约两百多年前，杨树下村的先人们，为了感谢山雀儿的帮助之恩，开始收敛粮食，谢山雀儿。每逢过年，每家人都要

派出自家女孩儿，去各家各户收敛粮食，然后在村中一宽敞的地方，抛撒粮食在山坡空地上，呼唤山雀儿来吃，以表感恩之情。年复一年，在杨树下村，便形成了过年敛雀儿饭这一民俗。每到谢山雀儿的时辰，全村人不分男女老少，都会出来参加这一活动，他们要支起柴灶，由参加敛收粮食的女孩子们烧煮大锅饭菜，全村民众一起吃顿年饭。其时，天空，群群飞鸟盘旋而至，争先恐后飞到人们身边啄食；地上，人们麇集蜂萃，无论男女老少，拱手祝福，互道吉祥，全村人喜气洋洋。做敛巧饭的姑娘们，还要在大锅饭菜中，放入顶针、铜钱等物，谁能吃到这些东西，便预示着此女孩来年好运，心灵手巧。

如此，敛雀儿饭谢山雀的民俗，又进一步演绎为更加人性化的、天人合一的民间活动"敛巧饭"了。

两百多年来，杨树下村"敛巧饭"的民俗（国家非物质文化遗产），延续至今而不衰。这种自发于民间，朴素的民俗，显示了人与自然的和谐共存是多么重要。

此行怀柔，那里的青山绿水，更新了我心中的记忆，想到春节时，再来怀柔，亲身参加敛巧饭活动，与乡亲们在冰天雪地中吃顿年饭，为了怀柔的兴旺富足发展，为了乡亲们的丰收健康平安，道一声吉祥！

谨以此文记怀柔。

2010年8月24日

五里桥长镇安海

　　2007年9月25日至29日，应《福建文学》主编
黄文山先生邀请，与《北京文学》社长章德宁女士，
参加晋江市海西经济与文化发展研究活动。其时参观
安海古石桥"安平桥"，心被感动。写此文为石桥的平
安祈祷，并谢福建刘志峰、张冬青、吴谨程、黄良等
朋友们的盛情。

——题记

　　安海古石桥"安平桥"，因桥长五里，俗称五里桥。走在

安海的五里桥上，我的心就被这座石桥和石桥的历史与现状震撼了。

不是因为桥的长度，也不是因为它的古旧，更不是因为它的残破。而是在看到它的第一眼时，便觉得这桥所承载的人文历史，像我们许多记忆一样熟悉和触目惊心。安平桥的现状和经历，深深地探进我心里，在那里搅扰，演绎着人文文化的深层内涵，催我泪下。还有就是福建经济、文化和文学的红火发展，让我思索。感觉这一方土地上的生命的活跃和蓬勃，又使人激奋了。

长居北国都市，习惯了气候干燥，看惯了大路和小桥。记忆中熟悉的那些桥，古旧的显得精巧霸气，炫耀着封建帝王的丰功，记录着民间能工巧匠的手艺；并不古老的则仅仅为了使用的简便，一律单薄呆板，千篇一律，走在上面，便能感到钢筋铁骨的冰凉。这些桥，很难使人产生记忆和对它的兴趣。

而安海的安平桥，却以自身的价值和厚重的文化内涵，带给我心灵的震颤。爱和恨的感觉便接踵而生。古来闽南民风多淳朴、热情，闽南人的智慧和勤劳，更是天下人尽知。而安平桥，承载着闽南的历史和文化，就那么静静地伸展在我的眼前了，不由得你不去为它的珍奇和恢宏赞誉，为它的老态龙钟与伤痕累累而惋惜。

站在安平桥头放眼望去，巨大的条状桥石纵向排列，连绵远去，无论你怎么努力踮脚眺望，也不能看到它的尽头。随着它逶迤前展的桥体，看到的是桥的粗犷、沉稳和厚重。可以猜想到，这五里桥建筑的当初，是多么的威武，多么的壮观，一定像训练有序的将士般，列队跨越着大海，默默地为安海人带来了无穷无尽的便利。啊，古老的安平桥，你无声的诉说，你自在的价值，让我感动。

史载宋元时期，安海人商则襟带江湖，足迹天下，南海明珠，越裳翡翠，无所不有，文身之地，雕题之国，无所不到。这赞誉一定与五里长桥跨海通衢的功绩牵连在一起。

古往今来，天下文人、官宦，为安平桥赋诗唱颂者甚多，大都有感于宋官爱民、勤政之情，并赞叹闽南匠人鬼斧神工般的智慧和他们的造桥奇迹。许多文字，也融在历史中，与石桥一起，给后人留下了永难磨灭的深刻记忆。

今日安平桥，旧时原貌遭毁，已不是什么跨海大桥，眼下根本无法看到它三面环海的壮观，看不到它身展大海之中的宏伟。安平桥，完全成了一座陆上桥。值得庆幸的是，安平桥虽残疾斑斑，却没有惨遭人为毁灭！这桥，仍然能在历史的路上艰难地苟延残喘，颤巍巍地走向未来，大约就是闽南人自觉保护祖宗文化的集体意识吧。

当我在朋友的呼唤下，踏上安平桥的那一刻，我的心中顿起一股刺疼。桥面上铺满了沧桑痕迹，每一处裂开的缝隙，每一块巨大的条石，仿佛都含着眼泪。我轻轻地迈步，悄悄地落脚，真的是怕惊醒了它千年的梦，但是我仍然听到了安平桥的呻吟。厚实的石条，不再规整有序，它们凹凸起伏，有的被时间摩擦得光洁，也有被风雨侵蚀的伤痕和被外力重压的扭曲。

望桥的左右，两道狭小的水沟，被绿色植物簇拥着，随桥一起伸向远处。桥下有的地方已经拥塞着淤泥厚土了。有水的

地方，也是平静而寡淡，没有海的蔚蓝，没有海的神秘，当然更没有海的波澜。我问当地的诗人朋友刘志峰先生，桥下的水是海水吗？他说是引进的海水。

想一想，如果安平桥今日仍然跨海，在晨光暮色里，有商贩、渔民往来于桥上的奔忙，该是怎样生机勃勃的繁荣景象啊。那一条银白色的长桥，悬架在大海之上，人们在桥上或生意往来，或踱步逡巡，看脚下海水荡漾，该是怎样舒坦的心情？想到此，我真的为今日安海人守护石桥，没有任其进一步毁坏的行动而由衷地叫好！虽然它已经不再跨海，毕竟给我们留下了一睹其闽南民风、智慧的机缘。

有联说"天下无桥长此桥"，由此可见五里桥弥足珍贵。

而今，古石桥还在，虽然它已无昔日的跨海功能，却成为历史功过的见证，在它诉说安海古今的同时，安平桥或许也正在独自呜咽。

闽南人的智慧结晶，闽南人的勤劳象征，平静地伸展存在安海一隅，固执地张扬着晋江文化、经济的发展。

我见我思索，我见我祈祷，为安平桥厚重的历史，为安平桥的平安。愿它长镇安海到永远！

2007年9月30日

发表于2008年1月20日《晋江经济报》第3版

一路怪事

贴了与蒋韵的作品对谈，然后突地想起了一件事，算是怪异的事情吧。前几天也曾与单位的几个同事说起过这事，大家笑，很开心地笑。其实我在说的时候，仍然感觉毛骨悚然。现在讲来，给大家解解闷儿吧。

1996年夏天，那时我帮一个在广告公司的朋友搞了个大型科技展览。备展期间，我们到外地去联系参展企业。第一站去山东。

我们俩开的是辆俄罗斯产的拉达车，车的质量好，很皮实。第一站到了济南，一路上出了两次事，第二次是过铁道

时，车蹦起来一次，蹦得老高，但没什么危险。是我开的车，当时天已经黑了，我眼睛近视啊，没看到那小路口上还横着铁道。第一次是朋友开车，他比我生猛，眼睛也没近视，车开得贼快，我坐副驾上瞧着前边都害怕。那天，我们是下午三点从北京友谊宾馆出发的。车一出北京，就让交通检查岗给截住了。车停在两百多米远的前边，我与那哥们儿赶紧跑回岗楼来，询问是怎么回事。岗楼那儿有四个警察，冷眉冷眼地瞧了我们一眼说，超速！

那时候，还没有扣分一说，出了问题往往是扣着车，去交通队解决问题交罚款，然后才能走人。我们赶紧申辩，但没用。

由于我们那次是为几大部委举办的一大型展览联系业务，带足了介绍信。一看与这四位无法通融了，便赶紧拿出介绍信递过去。一警察接过一看，抬眼睛瞧了我俩一眼，又低头瞧手里的介绍信。那上面盖着五个有国徽的大红图章。他把信和我们俩瞧了又瞧，说走吧！然后又对我说，你开慢点，别因为开快车耽误了国家大事！我说是是是！

我们走的是104国道，出事时刚出北京，他那车速达到了每小时一百四十公里。那车的上限时速好像是一百三十公里。我瞧着真害怕，就劝他慢点，可他根本不理我。结果，路两边出现几个小餐馆时，路中央也出现了大石头。打方向躲开是不可能了，哥们儿一边踩刹车，一边就对着大石头骑了上去。一声响亮后，我们把车停在路边。下了车，他就钻车底下去了。可天黄昏了，趴车底下什么也看不出来，我们没带手电，就到路边的小餐馆里去借。一小姑娘说，在我们这里吃饭，就有手电。

没办法，答应吃，先交了一百块钱后，拿了手电出来一通仔细地检查。没事！在那里吃饭后，我们又上路了。我开车，过铁道时就蹦起来了。

到乳山的路上，我们看到了几辆事故车。一辆是大拖，拖车没翻，机车翻了个底朝天，山东苹果撒了满地。另一辆是加长大货车，前半个车身探出公路，忽忽悠悠在那里悬着。驾驶员还在里边坐着，出不来。

从乳山出来奔青岛时，我开车。那老兄累了，副座上迷糊着。有一大高坡，路不宽，我们的车前有两辆手扶拖拉机。农民开车，大概不讲什么规矩，那俩车就在路中央走。我在后边跟着，时速也就三十公里吧。刚要上坡时，我看到前边没情况，就按喇叭想超车。听到喇叭声，那俩拖拉机就往边上靠。我就加速与后面那辆拖拉机并排了。这时候，高坡上突然出现了一个大卡车的脸，我一估计距离和速度，再超前边那辆拖拉机是不行了，于是我的脚就离开油门减速，又轻轻带了脚刹车。

天呢！我的天呢！

我们的车，我们的拉达车，就在这个时候，飘飘悠悠地侧歪了身子，只用一侧的俩轱辘着地，整个车身也歪歪斜斜地扭了方向。按照当时的情况，我们的车，一定会与边上的拖拉机相蹭，然后翻车。我的心随着车子忽悠一下，就到了嗓子眼，俩眼睛紧紧地盯着远处大卡车的脸，抓着方向盘的手迅速地倒腾。车横在路中间，没剐没蹭也没翻，只有我的衣服湿透了。远处开来的大车瞪着眼睛，撅着屁股，停在离我们车不到十米的地方，俩拖拉机嘣嘣嘣地走了。

我们的车落地时的震动，震醒了我们那哥们儿，他睁开眼睛，迷迷糊糊瞧着眼前的一切，又瞧了瞧我。他什么都没说，却什么都明白了。然后他说，我来吧。我们俩下车换了位置，继续前进。

再说到青岛。

车到青岛已经是夜里十点多了，正好赶上出租司机罢工。郊区的路两侧到处都是等着搭车进城的人。一个小姑娘搭了我们的车，男人不敢拉。她到了市区边就下去了，还热情地告诉了我们怎么走。我那兄弟开着车进了市区，我们在青岛高高低低的路上穿行，转来转去，怎么也找不到要去的地方。青岛那朋友在手机里把我们的目的地的路线说得很清楚，可我们就是走不上正轨。眼瞧着就转到十二点了，我们俩是又渴又饿。没办法，只好问路。

我去问了，那地方刚好特别的黑，也不是漆黑一团，只是局部黑。我们看到一个小洋楼前有个大门，门的两侧种着枝叶茂密的大树，树的黑影里站着一个人。当时在车里，也看不出是男是女。车停下我就下去准备问问那人我们所在的位置，该怎么走才能到要去的地方（地名我没记住）。

我走到那人前面，看清楚了，是个中年偏老一点的女人。我刚要开口问她。这时她说话了。她叫着我的名字说：×××，你怎么来了？

说实话，我当时汗毛都竖起来了。我在青岛绝对没有亲戚，绝对没有熟人，除了我们要去找的那朋友，可这个女人竟然知道我的名字。就在我一愣的工夫，她又接着说：×××在车上吧？让他下来歇歇，都开了一天的车了。后面，她大约还说了什么，好像是说什么乳山、翻车之类的话，我没敢继续站在那里听下去。树影婆娑，黑暗里她那声音显得阴森森的，挺恐怖的。我浑身的汗毛都扎挲着，头皮发麻，心里十分害怕。我转身就往车那儿跑，上了车我对哥们儿说，快开车！快开车！

车开出去老远了，他才问我，怎么了你这是？我说，真是怪了，那女人知道咱们的名字，还知道咱们差点在乳山翻车。哥们儿不信，他说你骗谁呀？非要回去再核实核实，看看我说没说瞎话。我说要回去，你去问，我不去。

我们换了位置，我开车，转了个弯抹头就回去了。离刚才那小洋楼大约有五十米的地方，我把车掉了个头，停在路边，我说，你走过去问吧，我害怕。他刚把车门拉开，就听到那女人叫他名字，还冲他招手。

他老说他胆子大，可他没敢下车。那夜，我们在青岛市里转到凌晨四点半，才到了朋友家。

2007 年 10 月 30 日

散记桂林行

（一）

　　曾经多少次想去拜望桂林，始终没能如愿。真到桂林，我的心被她迷醉了。虽然一场多年不遇的特大暴雨，搅浑了清澈的漓江水，可桂林的山依然青，依然如画一般在朦胧中。桂林的绿色阻挡了我的视线，却使我心在绿的晶莹中通透，延展向远方。清新的植物香味儿，从团团翠绿中弥漫开来，把我浸在自然之中。神奇的天运，塑造了桂林如情似梦的美景，状若天堂的环境，养育了文雅温柔的桂林人。久居北方的我，身临其境，怎能不心醉神迷！

20世纪90年代，我曾在广西北海市待过一阵子，去了南宁、防城、钦州等地方，也曾想到桂林，但苦于没有时间，未能成行。2008年终于有了拜望桂林的机会。

这次出行，没坐飞机，那巨大的家伙虽说很快，眨眨眼睛就能从此到彼，可是也没了旅途的辛苦和接触人的快乐。

在火车上自由随意，可以与陌生人聊天，男女老少谁都行。在火车上一位年轻漂亮的少妇问我，您几铺。我说十一铺中。她说，我睡你上边。话没毛病，可周围好几个男人都笑起来，大约有了意淫之想。那女人见大家笑，似乎也觉到了什么，却并不恼，她说，讨厌，我本来就睡他上面嘛，我十一铺上。大家又笑。

我喜欢火车车厢里的气氛，友善与和气使大家旅途快乐。在这里你可以感到人与人交流时的坦然，海阔天空无拘无束，说什么都行，天南海北的人一起消磨漫长的一天一夜。在向前奔驰的火车上，人们虽仍细心照看着自己的行李，彼此间却亲近了许多，彼此间都互相照顾着。若是行走时，被火车摇晃着碰到了人，俩人会争着说对不起，不要紧。遇到有端着方便面去冲开水的人，大家也会缩紧身体，给他让路，嘴里还要叮嘱他说，小心，别烫着。乘务员很好，人也勤快，说话很爽直。换票时，她像姐妹对待兄弟一样不客气地说：换票！你哪里去了？刚上车就到处跑。话说口气有点硬，但从这时开始，她要照顾你一路，嘘寒问暖，沏茶送水，提醒你到站下车，听的人还是感觉很亲切。我想，要是我们的社会也像火车车厢似的该

多好。

6月11日下午车到桂林，我告别了同行的作家丁国翔，也告别了车上刚认识的朋友，祝福他们旅途平安，便独自走出火车站。

桂林作家徐强等在出站口。雨后潮湿的空气，不同于北京的干燥，让我知道了，我终于梦想成真。

由于刚下过雨，地面还湿漉漉的，天气不很热，却闷，不时有一点凉爽的风吹过，挺舒服的感觉。

我乘坐的T5次列车从进入河南境开始，就在雨中奔驰。从那时开始，我心里一直嘀咕，怕到桂林时雨不停。其实我是喜欢雨的，从小就喜欢雨，尤其喜欢在小雨中行走，独自，或者身边有个女伴。不打伞，就那么走在绵绵雨丝里。如果是自己，就仰起头来，让雨淋到脸上，淋湿头发，感觉衣服凉凉地贴在肩头；如果有个女伴走在身边，就低了头，看落在她皮鞋上的水珠随着她脚的移动闪烁亮光。但想想而已，这样的情景已经许久许久没有了。怕到桂林雨不停，只是怕雨中到桂林，会使来接站的朋友有许多不便。好在雨已经下过了。

与徐强没见过面，只是在博客上相识，彼此知道是写作行的人，谈得投机，就做了朋友。

此次来桂林，是受桂林师范高等专科学校和桂林市委宣传部邀请，给中文系的学生讲讲自己对文学的感悟，然后再到"百姓大讲坛"做"文学，与你有关"的演讲，任务还是蛮重的。再有就是"新实力小说家园"的笔会了。徐强是桂林作协的秘书长，他却为我的到来跑前跑后地忙。真的感动。

我告诉徐强，与我同车的丁国祥直接去南宁找黄土路了。晚上我要与你一起去接柳营。徐强说你不要去了吧，一路上已经很辛苦了，明天你还有讲座。我说我要去，柳营曾经感动过我，一定要去接她。2006年夏天，我去浙江的孟郊故里，为那里举办的一个海内外华人散文大赛做评委，与《小说界》主编魏心宏返程途经杭州回上海，柳营听说后，不顾孕身劳累来看我们，仅仅为见朋友一面，说几句话。我说，我一定要去接她。

夜的桂林，弥漫着闷热的空气，天空灰黑，似乎在坠向大地。车出桂林城，穿越一个小镇，沿高速公路直奔机场。桂林的机场干净，也漂亮，夜幕里却看不到它的规模，只见一群一群的外国人，从亮堂的候机楼里涌出。原来，他们也是爱桂林的。

我与徐强站在接机口聊天时，柳营背了个小包，拉着行李箱走出来，仍然那样纤弱富态，仍然开朗地笑。回到"桂宾楼"，雨又下起来，很大。这雨一下，就没停。我是听着雨声入睡，听着雨声起床的。

第二天上午，又有江苏作家白丁和宋传恩到达。中午，为宴请我们，陆军李上尉从班上赶来。雨下着，很大很大。李上尉也是作家，一个纤瘦窈窕的女兵，冒着大雨跑来，真的难为她了。漂亮的李上尉性格开朗，没有小女人的娇柔与矫情，英姿里渗透出军人的豪爽。

雨越来越大。我们饭后回到近在咫尺的"桂宾楼"时，裤子几乎全部湿透，小小的雨伞，在大雨中显得力不从心。桂林的特大暴雨，大概就是从这个时候开始了。

下午，桂林师范高等专科学校的郑芳老师来接我和柳营去讲课时，雨下得已像瓢泼一般了，桂林市里到处都是积水，许多地方积水已经很深，车行走时像船一样。郑芳老师文静儒雅，很亲切地为我和柳营简单介绍了她任教的学校，使我们对桂林师范高等专科学校有了更多了解。

车到校门前，我看到了一幢幢教学楼，凹字形展开，十分气派，非常漂亮。桂林师范高等专科学校坐落在桂林市"两江四湖"景区，分信义和甲山两个校区。学校前身是1938年创建的广西省立桂林师范。许多著名知识人士曾任校长，丰子恺先生也曾任教于此。

车直接开到了教学楼前，学校领导和中文系、教管系的老师，撑着雨伞等在那里。宽敞的教学楼前，只有几位老师站在风雨中，显得形单影只，他们手里的雨伞，被风雨摇得轻轻晃动。我看到，老师们的裤脚，已被雨淋湿，此情此景中，我的眼睛湿润了。没有学生迎接的场面，深深感动了我，因为天下着大雨，很大很大的雨。我知道，学校领导和老师亲自来接我们，一定是怕学生们淋雨。有如此敬业、如此爱学生的老师和学校领导，是学子们的幸运；能被这样的学校聘为客座教授，也是我的幸运。我们的学校——桂林师范高等专科学校，肯定会有辉煌的发展。

讲完课，郑芳老师送我和柳营回宾馆时，雨仍然下着，很大很大。漓江的水正在上涨。

2008年6月26日

119

（二）

终于在桂林见到了郑芳老师，这是我们第一次见，此前只通过几次电子信，只在博客上见过照片。郑芳老师沉稳而深邃，儒雅中带着女性的温柔与成熟。网络很方便，尤其为通信带来了便利，天南地北的朋友，难得见面，彼此用发送信息来联络友情。我来桂林讲文学，郑芳老师给予了很大帮助。先是帮忙做了个在大学讲课用的电脑课件，还在信函里反复嘱咐我先练习一下，讲课时效果会更好。大学讲课是星期五，第二天郑老师应该休息。可在送我们回宾馆的车上，她说，我再帮你弄个详细些的课件，明天你在大讲坛用吧。我不好意思让郑芳老师辛苦，就推脱。可郑老师利用了星期六的休息时间，帮我做了个特好的课件。这两个课件非常好，也非常方便。我对电脑不是很通，使用时就显得笨拙。没有真正使课件发挥出作用。但我知道，这两个课件，使我的演讲更精彩，也给来听讲座的人很大的记录方便。对郑芳老师，我心存感激之情，可在见到她时，竟激动得忘了说声辛苦，更没能有机会与郑老师合影留念。

到桂林那天晚上，徐强要尽地主之谊，带我们去夜店吃桂林米粉。我这个人吃东西很别扭，不合口味的就不吃。但为了不给朋友们添麻烦，我一般是不会说出来的，委屈的常常是自己的胃，几乎所有的山珍海味，它只能瞧瞧，也就省去了消磨的劳作。可柳营听到要去吃米粉，笑得满面春风。她说，爱吃，我要吃正宗的桂林米粉，还要看《印象·刘三姐》。我说

你刚在飞机上吃过，就不怕吃胖？小心你的胃。柳营笑说，我没吃飞机上的东西，就专等来吃桂林米粉的。徐强在一边笑，说安排了去看《印象·刘三姐》。

桂林夜的大街灯光璀璨，行人不是很多，瘦小的街道，显得清净，路两边满是成团成片的绿，看了让人心旷神怡。出租车载了我们三人七拐八拐，到了市中心。这里灯火辉煌，人群熙熙攘攘，十分热闹，桂林的夜，像许多大城市一样躁闹着。一家门面不大的米粉店——石记米粉店，此店是桂林有名的米粉店之一。三个大吊扇缓慢地转，里面许多食客低头吃得投入。登上高台阶，进到店里，徐强为我们每人点了一碗。这是我第一次吃米粉，把碗端起来闻闻，香，一种独特的卤香味儿。看看碗里的米粉，深浅分明，逗人食欲。虽然到过南方许多城市，但我对南方的食品一般都会拒绝，连海鲜也不太喜欢。

记得那年去防城，同行的朋友们吃了一只五爪金龙，一只果子狸，一条海蛇，而我，只有看他们饕餮的份儿，用一盘炒鸡蛋，一碗白米饭果腹。食品很简单，我却与他们吃海鲜一样吃得香。因为饿了吃糠甜如蜜，我们民间一直有这样的说法。

吃了桂林米粉，我们去步行街喝冷饮。其间，我们顺道游览了靖江王城（也有叫清江王城的）。夜色里的王城，显得深沉厚重，城门墙上衍生出的绿色青苔，与暗色的城砖斑驳交错，在夜黑里述说着远古的故事。王城为明代靖江王府，明太祖朱元璋侄孙朱守谦被封为靖江王以后修建。王府主建筑背依独秀峰而建，气势恢宏，建筑布局沉稳而厚实，绝非一般。目前有广西师范大学的美术系和音乐系在王府内。我们沿王府右侧前行，不时可遇到漂亮的女学生走过，还有音乐之声从不远处传来，树影婆娑处还能隐约见到搂抱在一起的情侣。给我留下最深印象的，是从王府建筑边池塘中传出的蛙鸣声。那蛙的叫声，粗壮、浑厚而响亮，给夜的王府里平添了许多阴森氛围，给远来的游客增添了许多恐怖，仿佛这里还是帝王之家。那蛙叫的声音，便是他们霸道欺民的喧嚣，或是他们为覆灭做出的诡辩。

桂林的步行街让我吃了一惊，像北京王府井的夜市，像后海的酒吧街，多彩的店铺招牌和广告闪烁迷离，沿街的建筑也漂亮。还有，围坐在一起的年轻人，活泼得无拘无束，来来往往的女子，个个青春靓丽，脚步轻盈。我正后悔背街而坐，柳营说，老关你是不是没了看女人的欲望？这样美的女人你不看，回北京要后悔的。我说你瞎说，我为什么没有看女人的欲望了？我想看，也爱看，可你与徐强把面街的位置占了，我怎么看，把我的头扭歪吗？大家笑。

桂林的女人确实美，长裙或短裤，露背或裸肩，赤脚拖鞋踢踏踢踏往来逡巡，个个体态婀娜，神情随意，没有故作姿态的扭捏，五色街灯又为她们增添了许多妩媚。那晚我无缘一饱眼福，只便宜了柳营和徐强。美女看美女，也是个风景吧。

说笑间，几个小女孩围拢来，她们手里都拿着几枝玫瑰花，来了就靠在我们身边，笑着磨叽说，买花吧，一元一枝。我身边的小姑娘说，你为她买枝花吧。她边说着边看着柳营。我们买了，我、徐强和柳营都买了花，柳营还把自己的饮料给

了一个女孩。然后几个小姑娘一哄而散。我和徐强的玫瑰花，都献给了柳营，祝福她桂林行开心随意。同时收到两个男人献上的玫瑰花，柳营笑得十分开心。

几天后，我们在象鼻山又遇到了几个卖花的小姑娘。

2008年7月6日

桂林大水记

雨突然就来了。这是2008年6月11日的夜里。

雨点敲着桌子，敲着地面，敲着一切裸露的物体，嗒嗒有声。

雨开始稀疏，却是带着阵阵凉风而来，不急不躁。雨点肥硕得理直气壮，坠落之声清脆。渐渐地，雨细密急促起来，声音便响成片，由近到远响开去。一排排雨滴接连不断，在灯光里闪烁着白亮的光，串串珍珠般挂满了宇宙，连接了天和地。步行街里夜生活的人群骤散。

我与作家徐强、柳营夜游桂林王城，去感受靖江王府的幽深和庄严，静谧和神秘，古朴与现代的碰撞。行走在夜的王府里，仿佛在历史里穿行，左侧是雄浑的古建筑，右侧是明亮的女学生宿舍，耳畔鸣响着池塘里的蛙叫和树上的蝉声。然后我们到步行街喝凉水，谈文学，谈友情，兴趣未尽，雨就突然来了。

2008年桂林大水就是从这个时候的雨，开始了。

雨一直下，很大很大的雨，直到第二天仍然不停。我住的房间背靠着一座小山，它和桂林其他山一样，也是平地突起，像坚挺的乳峰，饱满清秀，炫耀着桂林的妩媚娇柔。白天时我曾扒窗看它，青翠植物包裹的小山，好看极了。浓密苍翠的深处，可见汉白玉的栏杆隐约其间，我不知道那是什么去处，猜想中有许多历史遗留的美好。本想第二天早起，去小山上走一走。雨后的早晨该是更清新吧。那些植物大约是桂树，因为这里是桂林。再晚一个多月，桂树开花时，一定有阵阵桂花香弥漫。美丽的桂林，处处充满诱惑。猛地，我想起一句诗歌："是山城啊，是水城？都在青山绿水中。"

雨声穿透窗户，噼啪噼啪地响。

我撩起窗帘望出去，外面黑，屋内灯光透出，照亮了窗外一小块地方，仔细看，可见夜幕中朦胧的小山，茂密的植物在雨中轻轻摇晃。树湿了，山湿了，天地间也湿了，雨水霸占着宇宙，肆无忌惮。我仿佛听到山和植物在雨中呜咽，隐隐约约夹杂在漫天瓢泼的雨中，不停不休。拨开窗户，雨丝随风斜扑进来，落在裸着的手臂上，飘在脸上，凉凉的，舒坦极了。

在雨中入睡，梦里的桂林也是湿的。

桂林在我梦里缠绕，仿佛回溯远古，清生浊降的雨夜，天崩地裂，洪水暴虐，荒凉苍茫，还有生命，或许这就是盘古开天地的地方。

我望见，赤身裸体的先民，高举着火把和石制的武器，彼此呼喊着鼓舞着，鲁莽地冲向毒蛇猛兽，只有向前没有后退的搏杀，鲜血在密林里、在岩石上渲染，人的号叫，动物的呻吟，混杂交响震撼寰宇。

我望见，在奇峰突起的群山岩洞里，在茂密的热带丛林中，在长流不息的漓江畔，站立起中华的祖先。"柳江人""荔浦人"以自己混沌初开的智慧，以自己勤劳创造的双手，撕裂了亘古迷蒙的天地，顽强地行走而来。

我望见，奇幻的溶洞宽阔幽深，埋藏着千古之谜，洞中到处闪烁着神奇之光，阴暗潮湿的深处，哗啦哗啦地有水流动，细听，仿佛嘹亮的韶乐仙音伴水而响，回声绵密持久，颤抖着远去，黑地里仿佛永无止境，直直地流向彼岸。

桂林在我的梦里沉积，犹如色彩斑斓的壮锦，哗啦啦地飘扬在梦的雨中。于是，我心中一切关于桂林的记忆，都是湿的，就连如情似梦的漓江水，也在汹涌澎湃。

雨，哗哗地响不停……

2008 年 7 月 16 日

建始彩虹

　　有一种记忆叫历史，有一种文化叫古老，有一种绿色叫纯粹，有一个地方叫建始。这片深藏在巴山楚水之间的土地，梦一样美，犹如世外桃源般清醇，充满原始迷人的魅力。

　　2008年7月，有幸随《民族文学》主编叶梅和几位北京的作家朋友一起参加了"2008作家、摄影家建始采风笔会"，湖北恩施州建始土家族苗族自治县的自然、历史与现实给我留下深刻记忆。

　　听说过海市蜃楼，却没见过那是怎样的景象。在建始的清江漂流时，看到了彩虹在水面上移动，才知道大自然是如此神圣和奇妙。当载着北京、武汉、恩施和建始的作家、摄影家的游船，沿清江漂流到龙湾瀑布时，一条条七色彩虹连续不断地出现在水面，闪烁着，缓慢地随蒙蒙水雾飘荡，又渐渐消失在青山绿水之间。自然的深邃之美，顿时使人心旷神怡。

在建始，无论在城镇或乡村，总会感觉是在自然之中。这里街市朴素干净，沿街的店铺，敞亮着大玻璃橱窗，里面布置得五色斑斓，时尚与村俗，平静中相映成辉。现代的商业文明，跨越千山万水，固执地延伸向这里，先进的电气化物品，叮咚作响着搅扰了小城的平静，却也为人们的生活添加了许多情趣。

走在建始的街上，清新的空气里，弥漫着丝丝缕缕的食品香味儿，用力嗅嗅，甜得醉人，即使刚刚用过餐，也仍然会被美味诱欲。为了满足胃的欲望，与朋友一起走街串巷，随便找了家小店坐，品尝土家风味特产美食。这样的餐馆与各地的小饭铺基本一样，规模都不大，几间小房连缀一起，店堂也不宽敞。店家为招揽更多客人，便把桌子摆到门前的空地。建始的晚上，车少人稀，不像北方城市那样躁闹，街道看起来干净，实际暴土扬烟，还弥漫着车辆排放出的废气，空气浓稠得彻底没了清净的质量。在建始，坐在街边也没有乌烟瘴气的感觉，街道不奢华，却干净，空气也温润清新。来这里的客人们，大约并非为果腹，更多的是情感交流。大家随意叫上几个小菜伴酒，边喝边闲聊，海阔天空。土家传统卤味腊肉和酱老鸭，色泽漂亮口味鲜香，非常好吃。特别是一种四寸大小的清江鳜鱼，鲜活着加工，立刻用红锅烹煮，可谓佳肴极品。平时

对饮食挑剔的我，曾有出差七天顿顿吃咸菜腐乳的纪录，而在建始，竟也可以放开了胃口。微醺后，舌头、口腔和肠胃，已经被胡椒重创，火辣辣地感觉提神。朋友们兴致仍高，又混迹于饭后遛弯的人群里，去船儿岛散步，感受建始依山傍水的神韵。夜风里，瞧着附近楼房林立，灯光璀璨，依栏看广润河滔滔流水，望远山在夜色朦胧中作秀，虽是盛夏，却有阵阵凉风绕人，似仕女执扇徐徐摇摆，身处其中，舒坦极了。

建始的乡村更美。这里的山不高，道弯弯，民居散缀半山，掩映在团团绿色中。这样的居住格局，在来自大城市的我们看来，真是宽阔得不敢想象。每家每户都居住在自己的大花园里，地上种植着各类菜蔬，架子上爬满瓜果的藤蔓，抬头看看，串串葡萄连成了片，丝瓜、黄瓜垂垂累累，院落里可见大狗跳闹，树丛中传出虫鸣鸟叫。在建始的乡村，离开公路，便看不到裸露的黄土地，到处生长着茂盛的树木和植物，大山与沟壑边，开垦了层层梯田，种植着成片成片的苞谷。据当地的朋友说，每到秋季，建始便是漫山金黄，玉米飘香，丰硕的果实述说着这里的富庶。想想，苞谷成熟时，掰几个烧着吃，该有多甜！因了这里的苞谷好吃，产量大，所以给建始带来了"金建始"的美称。

登高远眺，蜿蜒绵长的清江在高山峡谷间飞舞，白云缠绕在绿色的山腰，仿佛条条薄纱样纯净的飘带缓缓蠕动，俊俏幽深的峡谷中雾气氤氲，迷蒙了视线的穿透锐度，却为想象增加了无边无沿的神秘。山间空气香甜，随意弥漫，眼前的一切一切，都好似虚无缥缈，情景如幻，身在此山行，真如画中人。

　　建始的自然美景，使人心灵随意，让思维驰骋着去历史中探寻。于是，便能于迷幻中，听到隆隆的鼓声在高山密林间轰鸣。随着欢快、高亢的节奏，心震颤着穿过漫长的时间屏障，与土家族人一起跳起摆手舞，仿佛回归童年一般，伴着土家族人的鼓声，舒心地呼喊，任性情随自然飘飞，直到远古。

　　在这里看到了一个古岩洞，这个被荒草掩藏着的，幽深，锈迹斑斑，凿掘笨拙的洞穴，让我看到了人类的原始。站在洞前开阔地望去，浓密的绿色植物包裹了绵延起伏的山坡，疯长的荒草掩映下，洞口的巨石覆顶，形状狰狞，沿着半山坡低垂着，露出一个形状奇特的黑色裂缝。近前看，洞口狭长呈不规则多边状，阴冷潮湿的气体在洞中弥漫，与外面的阳光明媚形成了两个世界。洞中凹深神秘，脚下的石阶宽阔，高低不匀。石阶上面生满青苔，不能舒坦地接脚，手扶阴湿冰凉的岩壁，小心翼翼去往洞穴深处，脚下滑腻腻地有趣儿。离开洞口的自然光，宽阔的洞穴里一片黝黑，再向里走几步，伸手不见五指，人似被融化一般，心中顿生恐惧。细听，有流水和滴水声由幽暗处传出，清脆的响声叮咚咿呀，像丝竹拨弄，似古音荡漾，深邃到久远的从前。专家介绍，这里是人类刚刚"直立"的遗迹。我突然明白了，为什么这里叫"建始"，因为在这洞穴附近，挖掘出了直立人化石，考古人鉴定，曾经生活在这里的"直立人"，可上溯到二百五十万年以前。

　　建始还有传承了四千多年的民间锦绣西兰卡普，这种手工织绣的打花铺盖，曾经是皇家贡品，它色彩极其艳丽，图案繁多好看。追寻西兰卡普的历史，源远流长，作为土家族先民的

古代巴人，除从事耕种、渔猎等体力劳作外，还拥有神奇的纺织技巧。每一方西兰卡普都精致古朴，充满艺术内涵，织图立体丰满，无论是人物，还是花草，无不惟妙惟肖，色彩闪烁夺目。土家族女人是从小就要学习织绣西兰卡普的，一直要织绣到她们出嫁时。因为土家族姑娘出嫁，嫁妆里一定要有打花铺盖。看到西兰卡普穿在漂亮的土家族女人身上，真是美极了，心底便生出爱慕。这爱，绝不仅仅是因西兰卡普的美，更多是为土家族女人的淳朴、灵巧与妩媚。爱着，便想真的去做那个勾引黄四姐的风流货郎，挑担在土家山乡走街串巷，寻机到土家人的门口讨水喝，说不定就能邂逅一位心爱的姑娘，演绎一回新的"六口茶"故事。这一方方西兰卡普，是极其珍贵的民间织锦，它蕴涵着土家族女人的勤劳，显现着土家人的智慧，土家儿女们，用心编织着爱情，用双手创造了土家人自己独特的文化。

在建始的乡镇观看文化表演时，欢快的音乐节奏中，心都醉在原生态的民间艺术之中。听，丝弦锣鼓绵中带刚，背鼓铿锵奔放；看，摆手舞热情柔媚，姑娘们舞姿曼妙中羞赧又开朗，向世人传递着土家人善良、好客的真诚之情。那一刻，特想融入她们中间，去与姑娘们一起摆手，一起舞蹈，一起高唱《请到土家摆手来》。

当我们越来越多地被围困在水泥构筑的城市里，与拥挤的人群共同制造，并呼吸着污浊的空气，听着轰鸣的噪音时，疲惫的是身体，还有逐渐被麻痹着的心灵。向往自然，回归自然的愿望，便成了不尽不休的搅扰。

金色的建始，让我看到了天高高，水蓝蓝，看到了富饶的土地，也感觉到了它古朴自然和丰硕现实的魅力，心情便在它的清净和纯粹中开朗了。

2008 年 9 月 1 日

摸鱼·转树

摸　鱼

　　年轻时是个架桥修路卖力气的工人，单位有个好听的名字：市政公司。那年在北京门头沟区的大山里修桥，工余时和工友一起去永定河里洗澡戏水玩。他们几个人还在游泳的同时，从河里摸鱼。当时，面对仅凭借自己的两只手就能把鱼儿从宽阔的大河里抓出来的弟兄，我真是从内心里羡慕，也佩服极了。看着他们猫了腰，仿佛很随意地在河边的卵石底下乱摸，只需几下，便会将一条鱼抓在手上，且是些活蹦乱跳的大鱼。

我不行，虽然我能游水，在河里却抓不到鱼。我出生在城市里，住家附近虽没有大小河流或池塘，可我在很小的时候，就去工人体育场的游泳池学游泳，还参加过他们组织的培训班，浮水的本事锻炼得不错，小小年纪，泳裤上就缝了张深水合格证，那张长方形蓝字红边白地儿的塑料片，特显眼。

20世纪70年代的永定河，水质清净，河面宽阔，有的地方深达数十米，水流湍急，滔滔向前。我们在工作之余，总会扑进河里，洗澡游泳，追波逐浪，打闹玩开心极了。

能抓鱼的几位工友，来自北京西南方的长辛店，那里有个二七机车车辆厂，中国工人运动史上著名的京汉铁路大罢工就发生在那儿，二七厂的工人为中国革命的成功，做出了巨大的贡献。在长辛店机车车辆场的周边，有许多野河和窑坑。20世纪60年代初期，人们都吃不饱肚子。为了改善伙食，给饭菜加点荤腥，那儿的人大约都会抓鱼网虾。我那几位同事，自小就随了父辈去河边打鱼，耳濡目染，加上亲身体验，十六七岁的小伙子，竟然个个是抓鱼的高手，他们不仅能够摸鱼，钓鱼，甚至能够撒网打鱼。

对他们抓鱼的本事，我只有羡慕份儿，想学也学不了。为了弥补我的笨拙，当他们到河里抓鱼时，我就跑到附近的山边，捡来荆条枝，碎木条，在河边用卵石堆起一个灶台，点起一堆篝火，把带来的洗脸盆架上，烧水，等他们摸到鱼后煮鱼吃。在粮食配给时期，能够吃到刚从河里捕到的新鲜鱼，无疑是种神仙般的享受。

开始时，我也曾学着他们的样子，猫着腰，把两手伸进河水里，在卵石下有模有样地摸鱼，可我那是瞎摸，从来没抓到过一条鱼，连一片鱼鳞也没挨到过。当年从没想过，我为什么抓不到鱼，只觉得自己笨，特笨。或因出生在北方的城市，不近水塘湖泊，家里又没有爱好逮鱼的传承，所以没有机会学摸鱼。

后来在作文时，回想这事，才觉得并没有我当初想得那么简单。这里有很深的奥妙：所谓摸鱼，是使用两手去抓鱼，没有网没有钩，全凭手上的感觉。抓鱼时，必得全神贯注，双手五指张开，从两个方向，往中间摸索。还得用心感觉两手的触感，一旦感觉到卵石下有活物或鱼，两手必须飞快地合拢在一起，用力抓住摸到的物体，不管它是不是鱼，也不管它怎样挣扎，一定要双手紧紧地卡住它，然后快速地把它拖出水面。刚刚摸到鱼时，眼睛是什么也看不见的。

当时，那几位工友，也曾认真地教我怎么能够抓到鱼，告诉我要胆大心细有耐性，感觉要灵敏，动作一定得迅速。只是我没有感悟到他们话里的真谛，加之天生胆子小，生怕这么盲目地在河水里一抓一抓的有危险，摸不到鱼不要紧，若是抓到一只王八怎么办？民间传说，那东西咬人凶狠极了，只要咬到人就死死地咬住，无论你怎样做它都不会松开嘴，除非听到驴叫唤它才会放开你，可附近若没有驴呢？想想都害怕。所以我从来没用手抓到过鱼。

现在想，摸鱼与做人做事有着共通的道理：你想做成功一件事，绝不能有丁点毛躁之气，更不能浮皮潦草地走个过场，瞎比画。装模作样那是在蒙骗你自己；无论是学习，还是做事，成功的关键，首先得有明确的目标，要有沉稳的心态，要胆大心细敢于向目标挺进，还要有必胜的信念，最重要的是一定要有不达目的决不罢休的恒心。

转　树

一次到安徽参加个文学研讨会，会议之余，接待方安排到附近的名胜古迹参观采风。那里有古朴的小村，有香火缭绕的庙宇，也有自然的山川河流。工作后能有如此散心的机会，实在难得，凡参加者个个兴高采烈。

然而，游山玩水虽然能开心，却也是个力气活儿。出任导游的人，或男或女，一般都是小青年，拿个标志明显颜色鲜艳的小旗儿走在前面。每到一处景观点，先有一番解说，然后他（她）将小旗一挥，跟随者便蜂拥而上，只要是可以摸的物件，是一定要摸摸的。不能摸的古旧珍宝，也要走到近处去看，去拍照。有的地方还要去转。转什么？转树。

那是一棵有着上千年的古树，树干粗壮高大，耸入云天，树冠浓密，丰厚得遮天蔽日，壮美极了，颇有独树成林的气势。

导游小姑娘说，这树可灵呢！围绕它转上三圈，免灾得福；想发财的回到家里，赶紧去买彩票；想升官的年内就有提升的机遇；想交友的，无论男女老少婚内婚外，都有希望如愿。您要是心里恋着谁，又还没机会得手，赶紧去转树，转完喽，这树保您心想事成！今天您来这里旅游，算是来对了！大

家听了，哄然大笑，很开心，个个跃跃欲试。

于是，小姑娘让出通向大树的小道，把手里的小旗儿指向前方的大树，大家排了不整齐的队伍，嘻嘻哈哈闹哄着向大树进发了。

我生性怕热，还爱出汗。跟着导游爬了老半天的山，虽说行走在弥漫着鸟语花香的密林间，呼吸着甜甜的空气，闻着绿树蒿草涩涩的清香味儿，身心都很舒坦，可仍然满身大汗，T恤都被汗湿了半截儿，便不想去转树了。

在导游身边站了，一手掏出手绢擦汗，一手展开随身携带的大折扇，用力扇着风，看着同志们转树。

导游从她的小背包里掏出一瓶水，将水递给我时，她说，您不去转转？瞧瞧您这汗出的，快喝口水凉快凉快。我笑了对她说，我歇会儿，太热了，你瞧瞧我衣服都被汗湿了。我用心跟着他们转树去了，还许了个愿，不是想发财，不是要升官，更不是期盼有外遇，而是他们转树回来，我就不出汗了！回头你再带着我们爬大山时，就灵验了。

小姑娘被我的话逗笑了，她说，树确实是千年大树，可究竟有没有仙气灵验，我也不知道。反正大家都这么说，便把神秘赋予了这棵大树。人大约都是希望得到美好的收获，所以都相信这个说法。免灾得福的话，是我们对游客的美好祝福，希望来我们这里旅游的客人，能玩得放松开心。您想想，每天来的人成千上万，要是回家后都能中大奖，我估计那大奖也就不是大奖了。再者，您在这里转转树，回去就能升官了？做官若真是这么简单的话，社会上就没有贪官污吏了。反正我不信转转树就能升官。我们这么说，是给大家放松心情，送上一个美好的祝福，让您暂时舒缓下旅游的疲劳而已。

我说是啊，你小小年纪说出的话，蛮有道理呢。这么多人，男女老少都婚外"练"了，这树还是树吗？若围着树三转就能梦想成真，它不成了月老了嘛！大家听你的话去转树，是支持你的工作，心疼你呢。顺便让你歇歇脚。

小姑娘腼腆地笑了。

2014年6月11日

采风手记

　　前几天参加了北京作协组织的采风活动，会议出了个讨论题：地域文学的优势和局限是什么。这是个有趣儿，也很好的话题，尤其对我们文学创作者的写作，很重要，也一定有帮助。我想，出题者大约是借此提示，写作者的地域存在，与其所写作品反映的地域文化，有着紧密又微妙的联系。作家或作品，在文化符号明显的特征中，也一定有不能忽略的局限性。任何一部文学作品，如果仅仅反映了某一地域的文化，而没有对平民生活的记录，没有对人物个性的塑造，没有对普世价值的赞颂，没有对社会现实的关注与批评，大约，这个作品也就价值泛泛了。

在会上，我的简单发言，引起了某位先生反对，他不同意我的观点，并直呼其名地反驳了我。但没有争论。不争论，是因为我怕影响这个讨论会，怕作协花钱租下的会议室，成了俩人打嘴架的屋子，耽误了作家们对议题的讨论。何况当时那位先生还喝了酒。

我不怕与人争论文学的话题，甚至喜欢大家一起讨论文学的过去、现在和未来，可我真的害怕有了酒的舌头失去了平时的柔软，说话不清不楚，更害怕有了度数的大脑热血沸腾，自由膨胀。因此，便在那位作家发言后，简单说了句：我们其实说的是一回事，你的发言是有度数的，我的发言则是白开水。会议此后进入了正常讨论。

我在会上的发言，确实简单了点，我以为大家都是作家，就将问题说得简单了，仅仅列举了几位作家（有国内也有国外的作家）的作品和所处地理位置。我想点到了，大家都会思索明白。但还是引起了那位先生的强烈反对，而且他的情绪十分激动，大声地宣示说：越是民族的，就越是世界的，越是地域的，也就越是世界的！说这话的时候，还挥舞着拳头，像喊口号似的。当然了，与会的作家们，还给予了他的发言以热烈的掌声。

借今天这个小文，我想再做个简单的介绍，算是对我的发言有个补充和阐述，是为《采风手记》。希望看到此文的朋友，对文学创作有个正确的判断。有不同观点的朋友，我仍然欢迎拍砖狠砸。

文学作品，一定没有地域性，也就是说，根本没有地域文学的存在。

所谓地域文学这个说法的存在，应该是指作家生存的地理环境。你在这个范围里生存，受这个环境中文化的影响，你的作品里必定带有这个地域的文化特征。譬如语言啊，住民的生活习性啊，还包括所有物质文化的存在。请注意，你所创作的作品，如果没有提升为文学作品的真正内涵，而仅仅局限在地域这个范畴内，它的价值一定不高。很可能就是个民间故事！

文学作品，只有一个标准，就是用流畅的、充满张力的叙事语言，给所有读者讲故事，让世界上任何语言民族的每一位读者，都能够感觉到你作品中深厚的人性所在，这个作品必须带有明显的人文特征，那就是人性。这里所说的人性，是人应该有的朴素的道德和善良，这些美好的德行是如何被邪恶所摧残蹂躏，是人在人群里的个性，还有他的生存环境带来的影响，包括地域文化给人物带来的某种标志。譬如各地方的文化特征，建筑特征，民俗特征，物质和非物质文化等，很多只属于这一个地域的文化。如果我们的作品里仅有这些，而没有人性各异的特征，没有人物在生活中经历的酸甜苦辣，没有普通人的忍辱负重，没有邪恶之人的为非作歹，我们的作品还是文学作品吗？我以为不是。那样的文章，可能属于地方志。

很多作家的发言，还提到了文学史上的各个文学流派，譬如老舍、叶广芩的京味儿小说，赵树理的"山药蛋派"，孙犁的"荷花淀派"，还提到上海一位当代作家的作品《繁花》等。我以为，这些文学流派，只是一个地方作家的群体标志，他们

141

的作品，肯定会包涵他们居住地的文化，但他们的作品，这里指纯文学的作品，一定是广义的，具有大众中个体人性的作品。也只有这样，这些作品才有文学价值。我以为，作家们提到的这个派，那个派，就跟各地的文学社团是一个性质。大家爱好文学创作，凑合到一起，结个社，起个好听的名字而已。

在会上，我提到了几位外国作家和作品，这些作家和作品，我可不是随意提出来的，而是借了他们地域存在的一致与不一致来做个说明。譬如捷克的雅洛斯拉夫·哈谢克、米兰·昆德拉、博胡米尔·赫拉巴尔，他们同属于一个国度，却写出了三种不同风格的，被世界文学认可的作品《好兵帅克》《生命中不能承受之轻》《过于喧嚣的孤独》等。还有墨西哥的胡安·鲁尔福，哥伦比亚的马尔克斯，他们来自不同的国家，可他们的作品《佩德罗·帕拉莫》和《百年孤独》共同引领了拉美的文学风暴。还有我们国内作家莫言、张炜他们的齐鲁大地，贾平凹、陈忠实他们的八百里秦川，阎连科、李佩甫他们的中原大地等，很多很多。这些作家，同属一地，他们的作品一样吗？只有一个共同点，他们的作品，带有地域文化，但是，他们的作品同样塑造了不同的人物，给予了社会紧密性的关注，描绘了不一样的人性。

谁能说鲁迅的《阿Q正传》是地域文学？谁能说郁达夫的《春风沉醉的晚上》《迷羊》是地域文学？谁能说阎连科的《炸裂志》《受活》是地域文学？谁能说莫言的《红树林》《天堂蒜薹之歌》是地域文学？谁能说老舍的《四世同堂》是地域文学？谁能说杨显惠的《夹边沟记事》《定西孤儿院纪事》是地

域文学？谁能说迟子建的《布基兰小站的腊八夜》《起舞》是地域文学？谁能说刘恒的《狗日的粮食》《伏羲伏羲》是地域文学？谁能说曹征路的《那儿》是地域文学？谁能说活石的《宝贝》是地域文学？谁能说李佩甫的《无边无际的早晨》《羊的门》是地域文学？谁能说杨争光的《从两个蛋开始》是地域文学？谁能说索尔仁尼琴的《古拉格群岛》是地域文学？谁能说巴别尔的《敖德萨故事》《红色骑兵军》是地域文学？谁能说利季娅·丘可夫斯卡娅《捍卫记忆——利季娅作品选》是地域文学？谁能说芥川龙之介的《某傻子的一生》是地域文学？

很多很多这样的作家，都是在不同的人文存在中，创作出了描绘大千世界的作品，他们只为给社会，给人类留下一点温暖。

我认为，文学作品，只能是地域文化的一部分，有地域文化，绝没有地域文学。

任何一位作家进行文学创作时，一定不要被地域这个名词的范畴所局限，只有突破了这个界限，才能创作出好的、高标准的、充满人性的文学作品。

143

2018 年 6 月 3 日特记

克隆与神话

在世界科学界为地球上首次"克隆"出一只小羊而兴奋的时候，我们国内的商业，也如雨后春笋般地出现了许多"客隆"超级市场。虽然此"客隆"非彼"克隆"，然而发音却是一样，都是"kè lóng"。

"客隆"连锁超级市场的出现，肯定对我们商业的零售方式，是个不小的进步。但科学上的"克隆"技术就未必是这样了。"克隆"小羊的出现，究竟是科学的进步，还是对人类未来的威胁，其实是个非常清楚的问题。因为这项技术的出现，依笔者所见，它虽然祭起了现代科学的大旗，实际却违背了物种自然繁衍的法则。现在，人们对这项科学技术，如此盲目地喧嚣，其实是"克隆"动物的始作俑者的窃喜和新闻媒体不管不顾的学舌。根据物种自然延续的法则，"克隆"技术的出现，对于人类来说，恐怕未必是好事。人类从此走上灾难之路，也说不定。

此说并非危言耸听。

我国曾经有过一个《聚宝盆》的神话故事，说的就是"克隆"这回事。故事说：有个勤劳善良的穷人，活到了穷途末路的时候，绝处逢生。神仙赐给他一个聚宝盆，并告诉他聚宝盆的使用价值，让他从此生活无忧无虑。穷人是个老实本分的人，能够吃饱肚子就非常知足了。所以，他在使用聚宝盆的时候，也是非常有限度的。仅仅维持自己的生存而已，要说过分使用的话，就是帮助周围和他一样的穷人了。

这件事被一个贪得无厌的富人知道了，于是，富人便日思夜想，垂涎那个无所不能的聚宝盆，希望把它据为己有。毫无疑问，富人的大脑是非常聪明的，他在使用了种种手段后，终于如愿地把那个聚宝盆从穷人的手中夺了过来。于是，那个聚宝盆在富人的手里，开始发挥它的巨大能量。富人看着从聚宝盆中生产出来的金银财宝、珍珠玛瑙，高兴得手舞足蹈，仿佛他可以世世代代地富有下去了，他可以用这些钱买来成千上万顷的土地，买来大官做，甚至买下整个国家。

但奇怪的事情发生了。富人的爸爸，兴奋得得意忘形，在他去看聚宝盆时，一不小心，跌进聚宝盆之中。于是，那个无所不能的聚宝盆，开始"克隆"富人的爸爸。富人从聚宝盆中拉出一个他爸爸，又拉出一个他爸爸。无尽无休。很快数百个富人的爸爸，占据了他庞大的家园，向他要吃要喝。很快就吃光了他的家产。见此情景，富人恐怖至极，终于醒悟，不得不砸碎了聚宝盆。他的数百个爸爸，也随之消失。

我们不得不佩服我们老祖宗丰富的想象力，在那么久远的古代，他们就已经预言了"克隆"技术的产生和绝妙之处。同时也毫不留情地预言了，"克隆"技术产生后，给人们带来的麻烦或者说是灾难。

如今，"克隆"技术真的产生了！而且引起了几乎全世界各国的极大兴趣，争相报道自己的研究成果，似乎我们人类，真的要凭"克隆"技术万寿无疆了。利用这个技术，我们不但可以克隆动物，还可以克隆一万个莎士比亚，十万个牛顿，一百万个爱迪生和比尔·盖茨，让他们聪明的大脑不停地去工作。人类活着要享受嘛！我们当然还得"克隆"一千万一万万个麦当娜，直到每个人都能分上一个。可真要到了这个份儿上，我们这些凡夫俗子还有活着的必要吗？假如人类社会中没有了家庭、爱情和婚姻，到处行走着基因相同的克隆人，也就没有了人类生存的痛苦和快乐。达摩克利斯宝剑血腥、恐怖的寒光，已经随着"克隆"技术的诞生，而高悬在人类的头顶之上。

再说，地球上真的会有这样的好事吗？

假如这种遗传基因的生物工程，真能使地球上濒临灭绝的物种的生命得到延续，可以为自然界的生态平衡做出贡献的话，那么它应用于人类自身的时候，是否真会给人类带来幸

福？它会不会使人类的自然基因，遭到惨无人道的破坏呢？它会不会像核能利用一样，在给人类带来方便的同时，也虎视眈眈地威胁着人类呢？话是这样说，核能利用于工业，虽然能够产生副作用，但它的利用，与"克隆"技术直接应用于物种之上的研究，有着本质上的区别。因为，"克隆"技术的无性繁殖，会使人类和地球上的一切两性繁殖动物，退化到草履虫和细菌一样的低级状态。《孟子·尽心》上说："其进锐者，其退速。"而转基因克隆技术的应用，则可能使地球上产生出不伦不类的怪物。

假如生活在今天的人们，真不害怕将来会有成千上万个一模一样的我们与我们的子孙一起拥挤在地球上的话，那么，就加快"克隆"技术的研究吧。姑且不说无性繁殖会使人类越来越傻，就是怪物多喽，也是非常恐怖的吧。但愿这个现代的"克隆"技术，不是我们中国那个古老神话故事的翻版。

我祈愿：心中尚存善念的科学家们，放弃这项技术的研究，让人类，让地球上的一切物种，自然地生生灭灭吧！

发表于《中国化工报》文化周刊2000年6月8日第7版

2001年5月《新华日报》副刊转载

补皮

说是补皮，又觉得把话说得大了一点。因为要说的这事儿，对于修补整个身体表皮来说，实在很小很小。您可千万别多想，不是什么垫鼻梁弄个大鼻子；隆隆胸脯托起个胸花怒放；抽抽脂肪去赘肉；也不是割对儿双眼皮什么的美容修补，与塑身纤体没有一丁点关系。咱打一小就信奉身体发肤受之父母，不敢毁伤的古训。

补皮的起因，仅仅是一点小毛病，也不严重，不挡吃不碍喝。可它一发作，挺腻味，活动受阻。譬喻为补皮，是这差事自己弄不了，得靠别人伸手归置。这么说，您可能就明白了，

我这是要去医院请大夫给咱看看病。

这么普通简单的事情也值得使文字说说？嘿嘿，普通人就得说普通事儿。因为甭管多普通的事，要是真的"普通"喽，就是大事。

说的是臀部偏右的位置，起了个小疙瘩。自打出了这毛病才知道，敢情人身上的哪个部件老使唤，它也得出毛病。咱不是老得坐着吗，早先写字时，得坐着吧，眼下虽说科技进步了，使电脑打字，可也得坐着呀。偶尔站着打一会儿字，工夫长了绝对不成。老猫着腰，腰有意见，时候一长就得劳损。不猫着腰，眼睛又不给劲儿，瞧见屏幕上的字，永远是一片朦胧。所以打字时，坐着最舒坦。坐着，就得使用臀部，长时间坐着，臀部就抗议，起了个小疙瘩。疼！偶尔的还特疼。就这么个小东西，使我知道了什么是坐立不安。

坏就坏在它的运动和发展。开始，小疙瘩鼓起来，然后自行缩回去。我没把它当回事。我这个人有个毛病，不爱吃药，更不爱去医院看医生。平时患个感冒咳嗽，顶天了是多用几张纸巾擦擦鼻子。药是绝对不吃的。好多朋友都知道我这毛病。每年单位检查身体，我从不参加，虽说是免费的，可检查时过秤扒眼皮抽血都是来真格的。再说了，若是真在你的五脏六腑里查出块"饼干"什么的毛病，心里便会有无边无沿的烦恼。与医院少有接触，为的是心静。我绝对不属于讳疾忌医那种人，不喜欢医、药，一是因为小时候打针吃药疼怕了苦怕了；再者就是长大后，身体压根儿没什么毛病。身上虽没什么坚硬的疙瘩肉，零部件却全部都是正品行货，绝对高质量，所以基本免检。

还得说那小疙瘩，它不是鼓起来缩回去反复了几次吗，一定是觉得咱没拿它当回事，竟然连一个小白药片都不给它吃吃，它火了，真的火了！给了我一个样儿瞧！好嘛，小东西虽然仅仅长在屁股上，可折腾起来理直气壮地挺霸道，把我弄得火辣辣地疼。坐着是很艰难了。可它还变本加厉，竟然火上浇油，血和脓混合着往高了鼓。

人若是从早晨起床就站着，一整天不能落座，俩腿肯定受不了。没办法了，屁股上的小东西，瞧也瞧不见，摸也不能摸，坐更不敢坐，只好去医院看医生了。

但凡什么事，非得亲身经历才能知道真相，这跟吃梨品滋味是一个道理。我去看了，本以为这么个小东西，在人家医生手里不算什么，一定是手到病除。可我想错了，比小指甲盖还小一点的小疙瘩，原来价值并不小，市值一千多块钱呢！若是头肉，说不准够弄半只猪。

记忆里，早先的郎中们，甭管是坐堂的先生，还是走街串巷的游医，都是只管把脉看病写药方。瞧完病，病人或病人的家属得上药房抓药，先生（医生）只挣瞧病的钱。至于药能有多少利润，都归开药铺的人，大夫是绝不拿的。

经仔细回想，上次小疙瘩的利润，出在检验。医生拿手点了几点鼠标，一长溜的化验项目，顺序排列，有多半页A4纸那么多，哆嗦着从打印机里升起。医生潇洒地将其抽出，顺手递给我。我拿过来一看，好嘛，看得我眼花缭乱，到了儿也没弄清楚，这个小疙瘩是怎么与梅毒和艾滋病有了牵连。交钱

吧，不交钱不行，不按照这个化验的单子交钱给医院，人家不
给你治病。一千多块钱啊，这还不算后续的几次小规模收费和
买药的货币。

有了这回经历，就曾经下定决心，排除万难，绝不再起小
疙瘩。首先是戒了生猛海鲜鱼鳖虾蟹麻辣烫等一切容易引起上
火反应的食品，鸡蛋牛奶豆腐等高蛋白食品也给自己定了量，
总之，控制自己的口腹之欲，尽可能不招惹小疙瘩。

可决心并不能左右命运，戒荤腥多吃素，是你活该没有口
福。好景不长，仅仅过了一年多，小疙瘩又起了一个。

这回我多了个心眼，换了个医院去瞧病。

还是比小指甲盖还小的一个小疙瘩，这回真的没见着检验
血液的大单子，嘿嘿……这让我有点得意。随着那位医生点
击鼠标，从打印机里升起的那两张纸上，也没有密密麻麻的
项目。清清净净两行字，给我开的是口服药。有中药：龙血
竭片，每盒24片，8盒，共计192片，258.32元。还有西药：
全泽复胶囊/头孢地尼胶囊，每盒10粒，3盒，共计30粒，
323.62元。此外还有盐酸利多卡注射液1支，材料费27.80元，
手术费78.00元，等等。总计687.80元。交费时还暗自高兴，
不到1000元，以为换个医院看病的决定是正确的。可拿了药
才知道，好大的一堆药，使俩手没法拿住，只能掀起羽绒服的
一角，把这些药兜在里面，又跑到小卖部买了个塑料袋子，才
算把这些药放妥帖喽。然后到换药室，趴在铺了白床单的小床
上，被护士使手按了按，挤压了挤压，再贴上纱布，粘了橡皮

膏。然后被护士告之：可以走了。明天来换药，程序和今天一样，先挂号，等医生看过后，交费，然后到我这里来。我问护士：明天就换药？她说对啊，不仅明天来，每天都得来，连续一个星期。

听护士这么说，我有点晕，怎么明天就换药？连续一个星期？每天？这么一个小疙瘩，需要天天跑医院来换药吗？要是开膛破肚该怎么办，还不得半天一换药？

后来我静下心来才想明白了，你在家里待着，医院没有任何理由收取你的钱币。可是到医院里就不一样了，你来了，医生总不能白给你看病吧，人家学的知识不得有点回报吗？护士也不能白给你挤压小疙瘩吧，你以为你是谁？再者，给你贴的纱布，开给你的药，总不能让你白白地使用和拿走吧。医院又不是慈善堂。掏钱吧您呐！

话说到这儿，我不想再说什么了。这两家医院，因为我的医保单位在那里，我怕我说了他们的名字，他们就会记住我的名字，要是往后我再有个小疙瘩什么的毛病，前去就医，人家要是记起我曾经说他们化验、卖药赚病人的钱等事，还不得拿针使劲儿扎我屁股！

2011年1月27日

152

银滩夜色

北海，镶嵌在北部湾海域上的一颗珍珠。不知道从什么时候开始，这个曾经的小渔村，变成了旅游胜地，银滩海滨浴场，也被人们称誉为"东方的夏威夷"。由于她的地理位置，这里热而不燥，风景秀丽，气候宜人。无论是谁来北海，哪怕是走马观花似的看看，那随处可见的绿色热带植物，火一样红的木棉花，都会给人留下深深的记忆，你大约就再也不会忘记她，更不会忘记她的银滩了。

但那片宽阔的白色的沙子地为什么叫银滩，我却始终弄不明白，也不相信人们流行的那个说法：仅仅因为沙子是白色的，所以叫"银滩"。我总是在心里猜测，"银滩"的名字，与那片珍珠一样闪亮的沙子地，没有任何直接或间接的关系。也许由于这里盛产名扬世界的合浦珍珠，她是因了那珍珠洁白纯净的品质而得名也说不定。其实，我更愿意我的猜测是正确的，北海这个新兴的旅游城市，在我这样的游客眼中，真的像一位纯洁的南国采珠女，亭亭玉立，勤劳，娇羞而又美丽。银滩那遍地的白沙，就是她从大海里采来晾晒的珍珠了。

曾记得"合浦珠还"的故事，也为东汉的孟尝改革弊政，还珠于民，开放珠宝贸易的仁政叫好。明朝饶秉鉴曾著诗《物阜人烟》称赞人民安居乐业、贸易兴旺的太平景象："阜市东来接海崖，市中烟火起楼台。几家骏宇相高下，无数征商自往来。民俗喜从今日厚，柴门应为古人开。圣朝自是多丰乐，常听欢声动六街。"但记忆里这些早已过去的历史故事，无论其曾经为渔民带来多少好处，多么感动人，也不能与今日北海的经济发展相比。

在海角，当我混迹于渔市里的时候，我看到了衣着简朴、皮肤黝黑的渔民和小贩们，很兴奋地在泥水中炫耀着他们的收获。还有身材纤细的渔家小妞儿，挤坐在喧闹的渔市中，一边清洗沙虫肚腹里的沙子，一边笑着招呼过往的客人：先生！买点沙虫吧，这个"补"啊！说着话，她们还嘻嘻地笑。别看她们小小年纪，说出的话，真让我们这些来自北方的家伙们大吃一惊！渔市里堆成小山的海产品，总是以自己非凡的固执和丰富的内容，宣扬着北海的富庶和北海渔民的勤劳。我们看到的一切，都使人相信，孟尝的"合浦珠还"的经济政策，不仅仅在东汉时深得民心，即使在当代也仍有现实意义。这就不能不使人深信：经济往往比思想更坚硬！更实际！古今中外，莫不如是。

也许正是经济的高速发展，才使北海这个曾经的小渔村，在人们的视野里，在中国的版图上消失了。我们今天看到的北海，已经是一座高楼林立、道路宽敞、车水马龙的现代城市。当你身临其境，漫不经心地去感受这个南国小城的时候，会发现她真的有许多奇特之处呢。

我到过深水港，到过地角和冠头岭，也到过风情迷人的涠洲岛，在任何一处海岸边，躲在蓬勃墨绿色的植物下，或坐或站，任海风迎面吹拂，吸吮着空气里那苦涩的海腥味儿，心灵会顿觉空旷了许多，久居内陆的"旱"人置身于此，会有回归原始自然的喜兴，那感觉真的很像在爱人的臂弯里小憩。看远处，海天相连，海平线弯得像少女笑眯眯的细眉，碧青湛蓝的海水互相鼓舞着，仿佛要泼上天际，把上苍的污渍洗洗干净。辽阔的海面上，缓缓行驶着不知来自什么地方或是到哪里去的万吨货轮，扯成了伞状的万国旗，就像北海市的经济发展，夸张地在海风里猎猎飘扬，细听，随风传来的"呜——呜——呜"的汽笛声，该是它快乐得意的歌吧。还能看到大海里摇曳劳作的渔舟，在阳光照射下一闪一闪地放光，那一蓬蓬雪样洁净的白帆，给蓝蓝的大海增加了诱人的亮色，如同点缀在海面上的合浦珍珠，向每一个关注她的人述说着自己的价值。海水荡漾，她们便随海一起慢慢舞动躯体，这时候，你就不能不想起《绿岛小夜曲》那醉人的旋律，心便也随了她的韵律轻轻摇晃。

155

老街也好，在老街里闲逛，看这里的民风民俗，会感到亲切。整条老街虽然在日新月异变化着的北海市显得落伍，但老街自有它俗得古朴的温馨。也只有在老街，才能看到北海过去的痕迹。街道两侧已经过于陈旧的房屋，默默讲述着她作为渔村时的过去。沿街两侧的便道狭窄，铺着形状不太规矩的石板，青灰色的条石，被时间镌刻得褶皱斑斑，沟沟缝缝里写满了百姓曾经的沧桑。商铺不多，也不像北方似的有门有窗，这儿大都小门脸大开门，房屋框架多大，门就多大，进深却很深，售卖的商品从门口一直堆进去挂进去，花花绿绿的确实好看。从街上向里看，不很明亮的店堂，像窑洞更像修理汽车的作坊。虽然看起来有些不伦不类，但开放式的经营方式，也算是南国商业的独特之处吧。老街里还有许多"时尚"的"洗头屋"，这使本来就不多的几间商铺，像是害羞似的被张扬着现代装饰的"洗头屋"淹没了。

但是这一切，都不是我记住北海的真正原因。我想说，是"银滩"的海滨浴场，给我心深处留下了很难磨灭的记忆。当然了，有一点必须交代清楚，如果是我自己或者是和同事、朋友一起去银滩游泳，我根本不会有这样的感觉和想法。是一位同事带着的十四岁的大男孩，让我记住了北海的"银滩"！

一共去了两次银滩，第一次是中午，没有什么奇迹发生，只想说说南国的太阳有多毒。这是很难用文字来表达清楚的一种真实感受，这么说吧，在银滩的浴场里，在太阳底下玩儿两三个小时，回到宾馆你照照镜子，就一定明白"判若两人"的真正含义了。白皮肤的人，浑身晒得通红，说是火辣辣地疼，脸也变得像是猴屁股；肤色深的人，则被晒得黝黑，身体裸露处油光闪亮，肩头处是大面积的爆皮，当然也是火辣辣地疼。去游泳时的快乐和兴奋，此时早消失得无影无踪。互相问问，好玩吗？大家便笑骂说：南方的太阳真狠毒！没有人愿意再去体验。只有同事那个十四岁的大男孩儿，兴奋着大喊还要去！听了他的话，我们面面相觑，谁也不敢对他的建议表示支持。看着我们的狼狈样，他大约猜透了大人们的心理，提议晚上到那里"宿营"，说你们不就是怕晒吗，夜里没太阳！于是，为了我们的下一代能玩得高兴，在离开北海的前一天，我们前往银滩"宿营"。

到达银滩的时候已近黄昏，海滨浴场的岸边和海里，早被先来的人占领了，到处是身着泳衣的红男绿女，沙滩上支满了五颜六色的大伞和小帐篷。人们尽情嬉戏，在浅海里追逐奔跑，把多情的浪花扔在身后。还有浪漫的情侣们，干脆就把海岸当了床。他们很认真地蜷缩在细腻如软缎般的沙滩上，让阳伞遮住羞涩，悄悄放纵自己的行为，感觉着彼此裸露着的真实，沐浴着南国那自由自在的海风，享受着北海之水的温暖与柔情。此情此景中，我又在心里感谢同事的孩子了。不是他的坚持，我们恐怕无缘体验南国夜泳的乐趣了。

实话说，我们真的被这里的情绪感染了，大家彼此呼喊着，打闹着，很快就融入赤身露体的人群之中。

这时候，太阳西斜，远远地挂在天边，已经无力再狠毒地炙烤大地。海风徐徐地吹在裸露的皮肤上，痒痒的带着清凉，仿佛是南国采珠仙女柔弱的小手，在轻轻抚摩远方的客人，为你消暑解乏。此时此刻，大海轻轻荡漾，岸边便有海浪轻轻地发出"哗啦——哗啦——"的低吟，仿佛是为整个大地唱着催眠的歌儿。倒是男人和女人彼此挑逗打闹的尖叫声，朋友间的呼喊声，小商贩的叫卖声，此起彼伏地喧响着搅扰了这本该静谧、美丽的黄昏。

租了帐篷安营扎寨，为"宿营"做好准备后，大家就扑向了大海。而我却没有，只赤脚在那平缓柔弱的白沙滩上，寻着被妙龄少女踩过的圆圆的脚跟印痕徘徊，任贪婪的想象在心里自然产生，那感觉真的惬意极了。当我沉浸在自己心灵的罪恶里时，忽然觉得有飞速爬行的小沙蟹，横行霸道地从脚面上掠过，用一种动态的曲线，顽皮地打断了我的思维。当我惊诧不已，并低头寻找那小东西时，小沙蟹已经从容地回归到它的小洞穴口，再回身望望，仿佛是对我丑陋的想法，提出了一个善意的警告。然后，便永远地消失在沙滩里了。

带着好奇的仇恨心理，我趴在银色的沙滩上，寻找这些来自白垩纪的小沙蟹们的踪迹。原来沙滩上布满了很小很圆的小洞，密密麻麻的到处都是小沙蟹的藏身之地。我用手指轻轻挖那些小洞，试图捉住一只两只小蟹，玩弄它们，以解它搅扰我思维的仇恨！据说用它们做成的沙蟹酱，是独具北海特色的美食，味道深厚香醇极了。但突然，一种回归童年的快乐侵入我的头脑，给我的生命带来了无法言说的喜悦。自己笑着，真的很得意地笑着，一切对小沙蟹的仇恨也随之消失了。

于是，跑到浅海处，蜷缩起两腿，坐在清凉的海水里看日落。深杏黄色的夕阳，像一只硕大的风筝，远远地挂在海平线

上。静静地看它的时候，能感觉到它正一抖一抖地下落。突然，它从海平线上坠落大海，暮色便笼罩了我们，海水也随着太阳的降落，汹涌地荡漾起来。从很远的地方，从大海的深处，白色的海浪接踵而来。一排排白色的浪花，追赶着，喧嚣着，堆积着，越来越近，越来越高，只一瞬间，海浪便以排山倒海之势砸向了海岸。海浪汹涌着，一波接着一波，仿佛要将银滩海岸上的一切人和物，都洗一洗，把一切肮脏都洗涤干净。游泳的人们欢笑着扑向大海，海浪喧嚣着扑向沙滩，人与自然的搏斗，给我们带来了无穷无尽的快乐。杂乱的声音，在银滩夜的黑色里交织凝聚，一个充满欢乐，充满神秘的夜晚，就这样开始了！

2002 年 11 月 3 日

用音乐温暖心灵

　　我的床头，放着一个电子叫醒装置。这小东西银白色外观，很精巧，很现代，很安静，没有机械滚动时跳闹的噪音，不会搅扰我的睡眠。它只在需要叫醒的那一刻，才会突然响起来。设计者为它储藏了许多好听的音乐，还可以自己动手，把喜欢的音乐存储到里面。我选择了班德瑞的《想象》，让她每天早晨叫醒我。我醒来的时候，立刻会听到窗外有叽叽喳喳的鸟鸣。这种来自自然的声音，与《想象》融合在一起，清新快活地陪伴我开始一天的生活。

　　我喜欢班德瑞的《想象》，好像我已经寻找了她好久，从

我的生命之初，就已经在寻找她了。她那超然物外的神圣，慢柔亲切的高尚，坚持不懈的果断，刚强有力的节奏，不动声色地倾诉着，仿佛要将我们生存着的坚硬的空间，软化成温暖宽厚的天际。钢琴的重音，固执地敲击我的灵魂，排箫亲切地引领我繁杂的思维归于纯净，催促我摆脱黑暗的束缚，在变态、混杂、沉重的现实里，孤独却坚定地走向文学自由想象的空间，去寻找人性纯洁的所在。她提示我，每时每刻都要对生命充满信心，要用人性的真谛，书写善良，赞扬真诚，歌颂真爱。

喜欢音乐，是因从很小的时候，我就亲身经历了音乐的美妙。我爷爷是民间艺人，是侍弄京音乐的行家里手。父亲是民乐演奏家，由他用唢呐演奏的《百鸟朝凤》曾经响彻北京城。父亲当时是中国评剧院乐队演奏员，与著名评剧艺术家小白玉霜、新凤霞、赵丽蓉等著名演员都有过合作。那时，我和哥哥在上学之余，跟父亲学习乐器的演奏。我学的是笙和双簧管，哥哥学唢呐和二胡。可是，"文化大革命"时，我要成为音乐家的梦，彻底破灭了。

从那时，我便再也没有拿起过乐器，所有的灵感，都随岁月消失了。后来我拿起了笔，成为作家，从事文学创作。可是音乐却从没离开过我，因为我的耳朵却永远醒着，心不曾迷醉，我喜欢音乐，需要音乐。虽然她曾带给我们痛苦，但她也给我力量，给我幻想的翅膀。

"用音乐温暖心灵"这个概念，来自我心深处的思索。

我发现，生命总是在忙忙碌碌里，变得单调和枯燥，灵魂也会深深陷入寂寞或孤独之中。如果我们的灵魂还活着，就会发现，生命已经变得呆板，越来越机械化，语言也随之失去了个性，再没有什么可以真切地抚慰我们的心灵。只有音乐是例外！

以文学的思维，冷静地观察生活，我发现音乐宽广的音域，变幻无穷的旋律，人性共通的感性，可以为我们的心灵带来安慰和温暖，带来无限自由的丰富想象。我爱文学，也爱音乐。

2007 年 12 月 19 日

刊发于 2008 年 1 月 8 日《中国音乐报》"音乐世界"栏目的"百家杂谈"

偶然之想

小说家在孤独中行走，去现实里探索，试图找到一种适合当下的经验。但毫无疑问的是，他们已经无法找到一丁点儿这种经验。除了毫无目的的疯狂之外，一切都在物质的泛滥中成为过去时。所有的一切，都被赋予商业性质，包括人的肉身、道德和灵魂，一样可以标价买卖。

乘地下铁路出去办事，突然感觉到，这高速奔驰的列车，正在孔洞中穿越现实。明亮的车厢，照亮了周围的黑暗，轰鸣着急速向前。它驶过后，黑暗重新淹没了一切。这个过程，像文学作品一样：一部小说所提供的情节，也会像这奔走的车厢似的，明亮而高速地照亮周围的一切后，又抛弃了它们，使读者重新期盼着明亮的出现。

用文学经验去犁清现实，很不容易，因为文学的犁头软弱，需要耕作的土地却坚硬。假如这部作品充满了现实主义的经验，带着严肃和公正，那么，它对于杂乱无章的生活，也仅仅是一支摇曳着的烛光，微弱而渺小，不能使周围光明起来。但是，如果用它去比量现实，虽然它的尺度有限，却可以，也应该能衡量出现实中的一段距离。无刻度，不能发光的文学作品，严格地说，不能算在文学的范畴。

人们的肉身在日常生活中喧嚣着，忙碌着，灵魂却日趋疲倦、萎缩。

实际上，越来越多的小说，正在远离纯粹文学的概念，远离史诗般的品质，对情欲的追捧，对物质的欲求，对名利的看重，对权力的膜拜，对职称（职位）的争斗，使文学堕落为某些人手里把玩的东西，变得与大众没有关系了。

我认为，作家应该是个织布的梭子，往来于生活的经纬之间，一丝不苟地运行。然而，同样是梭子，编织出的成品却有粗布与绸缎之别。材质的取用，匠人的手艺，轨迹的疏密，是结果的必然条件。

读者有两种，一种是读文本，一种是读故事。

读小说的人，总有种期盼或误读。每位读者都希望在小说里读到理想的世界。这就是对小说的期盼或误读。因为现实里的理想社会，或许根本不存在，它只存在于幻想中。小说所记述的故事本身，就是作者在幻想中对现实的解读或误读。

文学是什么？文学就是一根绳索。

卑劣者用它来攀爬，谄媚附势，以舌舐痔。《庄子·列御寇》："秦王有病召医，破痈溃痤者得车一乘，舐痔者得车五乘。所治愈下，得车愈多。"

嬉皮者用它来游戏，勾搭异性，以舒己欲。《红楼梦》中有语曰："你见我和谁玩过！有和你素日嬉皮笑脸的那些姑娘们，你该问他们去！"

霸道者用它来做鞭，驱使民众，束缚德行，以达到"束缚我足，闭我囊中"之目的。

唯有真工匠，用它来做筏，以引领盲目，发掘善良，揭露丑陋，鞭挞邪恶。

人们在经历生命时，也在经历小说。每个人都如是。

也许你并不读书，不知道任何一部小说。可你一定在小说中，这一部或那一部。小说必如此，才能称为小说。

真正的学校里，应该只有一个学生，那就是"我"，具有独特个性的学生："我"。讲台上站立的教师，不应该只有一位，他或她，需要是许多教师的集成，且不必只发一个声音。

2012 年 7 月 23 日

出行的闲话

    马和骆驼曾作为交通工具，驮着人们走东奔西。商贾易货，大多用马拉，驴驮，骆驼也可承担运输的工作，颠颠地、悠悠地、长长地排成一队，走在大漠之中，很气派。早先状元夸街，武将出征，文人赶考，必得骑在马背上，炫耀的也是一种威风。当然了，大多布衣书生只能徒步，劳累自己的腿脚。骑马的人，虽尽显英姿，舒心畅意，但骑在马背上的时间长喽，两腿中间不怎么滋润。

    "拉骆驼"的，曾经是都市里的一个着眼的风景。老舍先生塑造的文学人物，被虎妞勾引了的祥子，不就曾去张家口外拉过骆驼嘛。由此推测，贫穷小子，只要有跑口外拉骆驼的狠心，准有机会撞上个富家女儿相好一回。这种事，古往今来并不少。虎妞敢爱真爱的性情，可算是女人中的模范。

农人们骑驴，富裕农夫出门，小媳妇回娘家，大姑娘出嫁，骑驴。说是"骑"驴，可不能叉开两腿，骑马似的"骑"在驴身上。"骑驴"的人，得并拢双腿，侧着身子坐在驴屁股上。驴臀部那块地方，丰润肥沃，较比驴腰平整一点，坐在驴的臀部，驴坚硬的脊椎扭动时，不至于铲伤小媳妇的身子。男人骑驴时同样得坐着，裆才没危险。骑驴虽不如骑马那么威风，但大姑娘们，若是能嫁到有驴的夫家，修行个坐在驴屁股上回娘家，也不是一般的福分呢。骑着驴回娘家，体面招摇，姑爷牵了拴驴的缰绳，与驴同行。小媳妇坐在驴屁股上，娇柔或不娇柔的身体，随着驴走动时的颠簸，颠颠地甩动，两只小脚丫，一前一后，鲜嫩得苞谷般支着，悬挂在半空里，悠悠地摇晃着，招眼，也好看。姑爷虽然累得汗流浃背，但瞧着媳妇颠颠扭扭的样子，脚下不觉费力，反倒觉得风光呢！

第一次工业革命，颠覆了人的出行模式，机械的交通工具逐渐多了起来。天上飞的飞机，大鸟似的在蓝天底下转悠，个头越来越大，飞得越来越高，速度越来越快。地上有什么火车、汽车、摩托车、电动车。这些东西好啊，"汩汩汩"地喝足了汽油，充好了电，自己可以"呜哇呜哇"地叫唤着满世界跑，速度也快，不仅可以载人，还可以运输东西，方便又省劲。此前的人们，若是想省个脚力，富裕或有势力的人，有轿子可乘，钱权稍次的人，有驴马代步，再次一等的人，就是坐"洋车"了。轿子、驴和马，大都属于私人所有，而洋车则与今天的出租汽车相仿。虽说洋车与汽车一样，也是一个人操作，可驾车的人，得用全身的力气，在前面拉着车跑。洋车夫拉车跑一天，很辛苦。坐车的人不用费劲，不必担心安全的事，尽管仰靠在车座上，闭目养神。坐洋车的人，虽然不是多么富有势力的人，但瞧瞧路上的步行人，顿觉自己面子放光，笑得太阳纹般的褶皱，时时刻刻沿嘴唇四散开来。若能够弄辆洋车包月，就更是身份的象征了。

随着经济发展，满大街跑汽车，常把交通堵塞得一塌糊涂，空气里还弥漫着浓浓的废气，坐在汽车里，人很舒服，呼吸却让汽车们给搅和费劲了。现代化给人们带来了方便，可仍然还有简单的人力车存在着，拉人也拉货，有时候行进的速度比汽车还快。北京蹬人力车的爷们儿，很会见缝插针，他们能在凝固如迷宫似的汽车长阵中，左拐右转那么两三下子，就把你送到目的地。仨轱辘的人力车，北京人管它叫"三轮儿"，分拉人和拉货两种。短距离运输倒是还用得着三轮车，譬如这条胡同到那条胡同。这也为百姓提供了一种简便的打拼机会，只要你有力气，也肯出卖力气，蹬个三轮车，富是富裕不了，弄个肚子不饿，还是勉强可以的。北京许多工厂破产，失了业的工人们，失业后找不到能挣钱的工作，就干的是蹬三轮车的活儿。拉货的三轮车是平板的，这东西已经不怎么时兴，交通管制的规矩太多，宽敞一点的街道，是绝对不允许三轮车驶入的，制度可不管你肚子饿不饿，你肚子饿那是活该！穷人总遇到更多的规则被管制。拉人的三轮车，装潢很好，彩色布棚子，古

色古香的车身，天凉了时，车夫还备有漂亮的车围，随时给客人盖在腿上，遮挡风寒。原只为客人高兴，能多拉几个座儿。车夫蹬车的时候，很卖力气，一路上，把铜铃铛摇得丁零当啷，响得十分脆。在北京后海那边，拉人的三轮，在一些老旧的胡同里转悠，成了旅游项目。如今的人力三轮车，让来中国旅游的外国人看得眼热，常掏钞票坐车。但是，古老的北京城已经被拆得七零八落，能供人们转悠的胡同已经不多了。拆没了城墙，拆没了胡同，也拆没了四合院，拆得你想在北京找个古迹瞧瞧都难。

三轮车能至今存在，说明它实用，也实惠，是穷苦人坚实的果腹活命的保证。

上海的三轮车叫黄包车，天津的三轮车叫胶皮。广西的北海市，管三轮人力车叫"南洋的"。北海的三轮车有特点，人力单车在整车右侧，车厢挂在左侧，骑车人骑着它前行，必得使用全身力气，才能把握"南洋的"的平衡，在车水马龙样拥挤的马路上平稳地穿行。20世纪90年代初期，我在北海市坐过许多次"南洋的"。我坐"南洋的"倒不是为体面，实话实说，我怕热，而北海那地方偏偏很热，坐"南洋的"，为的是减少在太阳底下待的时间。不夸张地说，每坐一次那种车厢挂在左侧的三轮车，我都要经历一次惊心动魄的恐惧。在城市宽阔的大道上，在老街狭窄的石板路上，所有的车，不管大小，不论运人的车，还是运货的车，都从你的身边风驰电掣而过，有时候车与车的距离，只有三两厘米吧，其情景非常惊险。可骑车人在靠近路边一侧，只费力地蹬车，丝毫不会感觉到这个潜在的危险。而我，为了躲避太阳的暴晒，也只得冒着碰撞的

169

危险了。

后来到吉林省白城市采访,在那里也见到过一种三轮车,当地人叫它"倒骑驴"。大体模样与北京的三轮车一样,不同的是骑车人在后面,推着车厢前进。这个当然也危险,可较比"南洋的"那种时刻与危险擦肩而过来说,还是好了许多,只要不是正面的碰撞,大概不会危及乘车人的生命安全的。

记得到达白城那天晚上,我刚走出火车站,看到许多出租汽车,还有几十辆这种三轮排挤在出站口,汽车司机和三轮车主们,都拼命叫喊着招揽乘客。我童心骤起,对来接我的朋友说,坐坐"倒骑驴"吧。于是,我们拒绝了其他交通工具,选择了这种"倒骑驴"的三轮车。朋友挑了辆女车主的三轮,上车前,我对蹬车的女人说,大姐,您休息休息,坐车里负责指挥路线,我自己蹬着车前行行吗?车钱他照付,我指指朋友,您说多少就多少。大姐憨厚地笑着说,不行,你外地人,不会骑这种三轮车,撞了怎么办?我们全家人指着它吃饭活命呢。后来还是大姐蹬车,我们俩男人坐车。坐在车厢里,我侧了身便与大姐面对面了。蹬车的大姐很瘦,面颊黑黑,散乱的头发在车的行进中随风飘动。她说她和丈夫原来都是工人,同在一家机械厂工作,生活不是很富裕,但每月有工资,日子还过得去。可没想到,社会改革,工厂突然破产,他们夫妻失业了。没工作就没有生活来源,一儿一女,正在上学,家里生活非常艰难。为了活命,她和丈夫便买了辆"倒骑驴",夫妻两人倒班,轮流到火车站前揽客,挣点小钱以糊口养家,供孩子们上学。我问了好多问题,大姐用力蹬车,喘着气回答我的问话。

白城的路，高低起伏，又是晚上，她蹬着三轮车，不时抬起手擦擦脸上的汗水，真的非常辛苦。

前几日到三亚，沿着东线高速路，去陵水黎族自治县，在路上又看见了"南洋的"。不过这回看到的"南洋的"，已经是摩托车的动力车了。随着经济的发展，人们也有了劳动工具的改善。但"南洋的"的模样没变，仍然是车厢挂在左，骑车人在右。道路宽阔了许多，路中间还有隔离带，可危险依旧。

为了活着，劳苦大众得为自己的口粮奔忙，自己努力创造自己的活路，日日奔忙在炎热或寒冷之中，过着苦日子。

本想着完成采访任务，再去坐坐"南洋的"，哪怕仅仅是为给他们凑一份车钱。可住的地方在市区里，附近没有这种车。再因来去匆忙，没能如愿。唯借闲话出行的小文，为天下劳苦大众祈祷平安幸福。

171

2012年6月

麻雀劫

我出生在北京。在我的记忆里，能够记住的大事，头一件就是"除四害"。因为那阵势大了，全国人民除老弱病残不能行动的以外，都参加了"除四害"运动。还有个原因，在此前头一年夏天，我闹肚子拉痢疾，差点儿离开人世。那次的病，把我折腾得不轻，没日没夜地跑厕所，断断续续一直到了深秋，才渐渐止住拉稀。那时候，新中国刚成立不久，国家还不发达，医院很少。虽说大夫们非常和气，也很负责任，可医院里没有好药。我腰酸腿软，浑身没劲，一天比一天瘦，皮包着骨头，俩小眼睛显得越来越大，眼珠没光，头发也一绺儿一

绺儿的，跟被霜打了的小草似的疲软。邻居们瞧见我都说这孩子没救了。可也许是我命硬，就凭着从小门诊部拿来的黄连片儿活过来了。我的病好了不长时间，"除四害"运动就开始了。所以，这事儿我记得很清楚。

1958年，人们万众一心，都在为国家建设全力工作，整个社会显得热气腾腾的。

那会儿的北京城，没有现在这么大，出了北京的城墙圈（现在的二环路），走不了三里五里的就是庄稼地了。北京城里也没现在这么漂亮。除了一些高大的古建筑和洋教堂以外，几乎没有楼房。城里城外，都是低矮的瓦屋，密密麻麻的胡同。古朴的城市环境，显得平和温馨。那会儿北京的环境，还没被工业污染，天蓝得几乎透明，空中飘着白云，还盘旋着许多鸽子，地上红旗飞舞，如诗如画一样的美啊。护城河里的水清澈见底，鱼儿在里面游来游去，看看都觉得心里舒坦。可那会儿市政建设不成，地下几乎没有污水管线，排水系统大部分是明沟，赶上下大雨，城里积存的雨水，很难排除干净。积水一多，蚊子就多，苍蝇也多。老鼠虽说没有现在的个儿大，数量却不少。害虫一多，就传染疾病，对人们的身体非常有害。于是，就在大搞工农业建设的同时，全国人民响应政府号召，插着空儿搞起了一场全民参与的"除四害"运动。

我记得当时家家户户都有三样必备的东西：苍蝇拍、老鼠夹和抄子（用布缝制的一种灭蚊工具）。

消灭苍蝇的方法比较简单，无论男女老少，人手一个苍蝇拍，见了苍蝇就打。可苍蝇毕竟比人多多了，而且繁殖能力极

173

强，就这样人人打、天天打，虽说消灭了许许多多的苍蝇，也没见苍蝇少多少。苍蝇们仍然天天围着我们的饭桌转。特别是那些叫"绿豆蝇"和"麻头蝇"的苍蝇，个儿大不说，飞起来还带响，"嗡嗡嗡"的，像是要跟人类决一死战。不消灭它们成吗？

灭老鼠的方法有两种，投药或者是设置老鼠夹子。设置老鼠夹子这个活儿挺危险，在上夹子的时候必须小心仔细，弄不好会把手给夹伤喽，所以大都由成年人来干。再说老鼠太脏，还会传染使人生病的细菌，一般情况下，不让小孩子接触那东西。

灭蚊子要费点事，蚊子个儿太小，白天不出来，天一黑，蚊子们倒是出来了，人的眼睛又看不见了。所以灭蚊子的时效性很强，消灭蚊子的最佳时间在黄昏前后。抄蚊子是孩子们最爱干的活儿，因为比较好玩儿。当时，每到黄昏，在城里城外的胡同里，都能看到一群一群的孩子们手里举着一个个大小不同的抄子，在房前屋后的房檐处晃来晃去，用不了多大工夫，抄子里就会网罗进半袋儿蚊子。除了用抄子，还有一种熏的办法。那时候熏蚊子不是用药，而是点燃一种叫香蒿子的植物，用浓烟熏。当然了，熏蚊子的时候，连人也一块儿熏了。没地方躲呀。家家户户都在房前屋后点那么一堆两堆的香蒿子，整个北京得多少堆，真用得上"狼烟四起"这个词来形容。胡同里到处浓烟滚滚，能往哪儿躲？所以人就和蚊子一起挨熏。

最麻烦可效果最好的要算消灭麻雀了。从根儿上说，麻雀不那么好除。那些小东西，精灵一样在天上飞来飞去，抓不着

捂不着的，但我们愣是要把它们消灭干净。难是难了点儿，可人毕竟是有办法的，我们的头脑里，充满了智慧。

消灭麻雀"战役"开始的那天早上，所有人都兴奋着，很早就起床了。无论是大街、胡同、机关、厂矿和农村，凡是有人居住的地方，大家聚集在一起，个个精神抖擞，群情激愤，同仇敌忾。无论男女老少，每一个人的手里都拿着一件"武器"，长长的竹竿上，有的绑着五彩斑斓的旗帜，有的绑着图案各异的床单、被单，有的绑着破窗帘、破布条，有的人手里拿着破土簸箕、破铁盆，有的人拿着锣鼓乐器，只要是能发出声音的，能举起来摇晃的，都被利用上了。人群熙熙攘攘兴高采烈，只等着发起总攻的那个时间了。

这个时候，麻雀们还不知道它们这个种群面临着一场灭顶之灾。它们有的仍然在树梢、房顶等处快活地蹦跳着鸣叫着，有的则在天空中自由自在地飞来飞去追逐打闹，享受着它们生命中自由的乐趣。

记不清楚到底是早晨几点钟了，总攻的时间终于到了。

突然，大地上爆发出了惊天动地的噪声。人们声嘶力竭地叫唤着，人们竭尽全力地敲打着锣鼓和破盆，吹响了唢呐和西洋铜号，人们发疯般地摇晃着手里的旗帜、被单和破布条，人们向麻雀开战了。惊慌失措的鸟儿们，被这突如其来的巨大轰鸣声吓得四散奔逃，展翅乱飞，试图找到可以落脚安身的地方。可是，它们已经无处躲藏了。

曾经属于它们的天空，已经被噪声填满；曾经属于它们的树林，也已经没有它们的落脚之地。在城市里，在田野上，到处都是摇旗呐喊的人群，到处都是消灭麻雀的生力军。人们撒着欢儿扯着嗓子狂呼乱叫，人们抱住大大小小的树木玩儿命摇晃，人们高举着旗帜、被单和破布条，奔跑在街巷，追逐于沃野，到处轰赶着状若惊弓的麻雀们，不给它们一点喘气儿的机会。无休无止，一拨儿人叫唤累了，就换一拨儿接着叫唤，轮流作战，到处都能听见人们像狼一样的"嗷——嗷——嗷嗷嗷——"的叫唤声。

可怜的鸟儿们，果然被吓得失去灵魂般晕头转向。它们从东飞到西，又从南飞到北。可是，广袤的天空里人声鼎沸，锣鼓轰鸣。当麻雀们从蓝色的天空中鸟瞰大地的时候，它们看到数以万计的人们，正在群情激昂地手舞足蹈着，叫唤着。鸟们看到的已经不是它们绿色的家园，它们绿色的家园在一瞬间已经变成无边无沿的黑色的死亡之海了。它们看到的是一张张开的硕大无边的天罗地网，等待它们的只剩下一条路了，那就是死亡。于是，走投无路的麻雀们绝望了，也累坏了。它们一只接一只坠落下来，撞向了它们曾经赖以生存的城市和田野。

那几天里，每时每刻都能看到小鸟飞着飞着，便从天空里直接摔落到大地上。有的已经死了，有的则奄奄一息还在捯气儿。几天过去，天空中还真看不见鸟飞了，清晨也听不见鸟们的叽叽喳喳的吵闹声了。

谨以此文祭麻雀的一次劫难。

发表于文联出版公司1999年《百年烟雨图》第一卷，《啄木鸟》2008年2期

珍贵的记忆

　　我家住在使馆区附近，小学校园与守卫外国驻华使馆的警卫营隔条咫尺小街，对门相望，每天都看到战士们排着队去上岗，他们整齐的步伐，靓丽的军容，让人羡慕极了。

　　那时的北京还没有这么多楼房，警卫营后面是一大片空地，战士们在那里种上了各种蔬菜。菜园的尽头，挨着几爿使馆的后墙，有好几处简陋的岗亭，无冬历夏，武警军官守卫在那里。我们放了学，常去那里打土仗，扔小石头玩。时间久了，便与站岗的军人熟识了。他们总是站在岗位上，目不转睛地看着我们追逐喊叫。有时候，我们跑到离岗亭很近的地方，甚至跑到警卫的身边，纠缠着要看看他们腰间挂着的手枪。当然了，没有一个军人让我们看过枪，对我们的矫情淘气，他们也从没严厉地呵斥过，总是微笑着说看什么枪，不给看！有时候他们会板了脸，假装生气地冲我们挥着手说：跑远一点去打闹！我们便一哄而散，追打着跑走了。

这是我少年时对武警战士的记忆了。

20世纪90年代初，与两位导演去牡丹江市为一部电影采景，在绥芬河往东宁的路上，几位边防武警又一次给我留下了深刻的记忆。

工作快完成时，我们提出想去边境看看，最好再去原始森林转转。林业局的领导同意了，当晚帮我们设计了采访路线，还调来一辆质量好些的吉普车。

第二天，我们先去了绥芬河口岸，在那里看到了中苏边贸的红火场面，然后去老黑沟看原始森林。林区公路细长悠远，路面粗糙，极不平整，吉普车颠簸着前进，像一条船漂在树海中。就在我们被摇晃得昏昏沉沉时，车停下了。

车窗外，几个端着冲锋枪的边防武警站在车前，司机已下车去接受检查。但过了很长时间，司机仍激动跟他们说着什么。几个军人都绷着脸，警惕地以散兵状围着司机。正在我们疑惑不解时，两位军人站到了车门边，要求所有人下车出示身份证，接受检查。

我们下车后才知道，吉普车被查扣了。

这里是边防检查站，司机拿不出进入边境地区行驶的证件。司机反复解释说，车昨晚被临时调来，时间紧，没办证，不是故意违规。陪同我们的老张同志，赶忙拿出自己的工作证给战士看，说他是牡丹江林业局的干部，陪北京客人到边境考察林业情况，希望能给个方便。带班的军官严肃地说，不行，没有边防证，车和司机不能走，你们几个人也不能继续向前，可以按原路回去。这里是边防线，我们执行的是保卫国家边境安全的命令，任何人也不能特殊，请遵守国家规定。

这时一位军人对司机说，请你把车停到边上去，等候处理。这么说的时候，他用冲锋枪向一边摆了摆，示意停车的地方。

这个靠近边境的检查站，前不着村后不着店，若真把汽车扣下，甭说看不成原始森林，就是让我们原路返回牡丹江，也没有走回去的可能。

当时还没有移动电话，根本没法与林业局联系，再派车来接我们的希望都没有。老张急得直转磨。怎么办呢？情急中，我猛地想起自己带着会员证，拿出来给他们看看，把事情的来龙去脉说清楚，有写着"中国"俩字的大钢印证明，或许有商量。

带班的军官仔细看了我的证件，反复核对盖在照片上的钢印。他说，您的证件没问题，但这种事没遇到过，没有边境证，放行的事，我做不了主。请等等，我跟上级请示下怎么办，希望能够帮上你们。他到岗亭里去打电话，我们等在外面，不知道会是怎样的结果。

过了好长时间，他离开岗亭对我们说，情况详细汇报给上级了，领导说让你们等一等，他跟牡丹江市核实一下这件事。

这里是边境，所以不能有一点疏忽，请您谅解。说完他用双手把我的会员证递还给我。

我们的车被放行时，几位年轻的武警在检查站前站成一排，挥着手，微笑着目送我们继续向前。多好的军人啊，因有了他们驻边卫国忠于职守，坏人才没有机会钻空子，国家的边境才安全，人民生活才安定。

许多年过去了，边防武警手握钢枪的英姿，还有他们年轻的面孔，他们的微笑，仍然清晰地记在我心里。

2014 年 4 月 1 日

路无坦途　天行健

作为一名文学刊物的编辑，我是后来者，本没有资格出现在这个《名编亮相》栏目里说三道四的。感谢《星火》杂志和熊正良主编给了我这个机会，使我可以在这里，对曾经支持我工作和支持我们刊物的各文学期刊主编和编辑们，说声谢谢！并通过我对文学的理解，把做文学编辑的感悟说出来。

我是20世纪80年代开始在《北京文学》上发表小说的，许多年后，我又有幸成为这个刊物的一名编辑，可以说，我的文学路与《北京文学》杂志社有着不解之缘。从文学创作到编辑刊物，我的文学之旅，就像吃芥末，充满了对文字倾诉的追逐快感和苦涩。在我亲历写作与编辑苦乐的同时，也亲身经历和感受了文学刊物的编辑对于写作者的成功和文学作品传播的重要性，所以在我成为一名文学编辑后，便以热情、投入、尽责和努力来规范自己，不敢有半点疏懒和自我意识。

因为我爱文学！

以我的经历来说文学创作，或许可以给追求文学事业的朋友们一个"固执、坚持、成功"的提示。我的第一篇小说习作是投给《北京文学》月刊的，也就是我现在工作的杂志社。当时我仅仅是一个文学爱好者，与这个杂志社没有一点关系，也不认识任何一位编辑。小说投寄出后，我在期盼中等待了近三个月的时间，稿件也没有一点音信。我以为一定是我的小说写得太差劲，编辑们懒得理我，免不得心灰意冷。但就在这时，我接到了《北京文学》编辑的一封退稿信——一封用钢笔写的退稿信，同时还退回了我的小说原稿。接到这样一封退稿信，我的兴奋大于失望。虽然小说没发表，可毕竟看到了来自专业编辑肯定的评语。从这封退稿信里，我受到了鼓舞，看到了成功的希望。所以我至今对那位不知道是谁的编辑心存感恩，是他或她，坚定了我从事文学创作的决心，鼓舞着我走上了文学之路。在我成为《北京文学》的编辑后，也正是这封退稿信，时刻警醒着我，让我始终保持着对工作、对作者、对文学爱好者的热情、尊重与支持。

1988年，我在《北京文学》发表了短篇小说《躁动》，这是我的处女作。当时我很高兴，以为我可以从事文学创作了。接下来我写下了大约三十万字的作品，又发表了几个中短篇小

说，还受到文学评论家雷达老师的关注和好评。但就在我第一篇小说发表后仅仅一年多一点的时候，就在我准备向文学创作更高层次攀登的时候，瘫痪的病魔凶狠地袭击了我。一连几十天，生活都无法自理了。我每天坐在两个单人沙发对接成的小小空间里，为固定身体，周围必须塞满棉被和枕头，发烧和颈椎疼痛的折磨，彻底摧垮了我的身体。

病好了以后，再也无法伏案写作。因为只要我一把双手搁在桌子上，拿起钢笔做写字状，就感觉脖颈子和后脊梁有股阴森森的凉气上下迂回，肩部和整个儿后半片身子麻木疼痛。想写点什么，却不能写，更不敢写，那瘫痪病魔的威胁，实在是太恐怖了。我的文学创作刚刚起步，就不得不中断了。

这一断就是将近十年之久。在这段时间里，我几乎没有进行有计划的创作，但却使我有时间第二次系统地读书，可谓是因祸得福吧。大约是1997年春天，在北京饭店参加一个文学界的大型会议。在会上，在出版社做编辑的朋友李红雨先生找到我说，他们社准备出版一套系列丛书，其中《好女人有才也有德》的书稿，别人已经写了两稿，仍然没通过三审，但又急着出版，只等这一本了。他邀约我写。这是我中断写作近十年后第一次拿起笔。我用了二十多天的时间，完成了这本书的写作，交稿后，顺利通过了三审。就是这本书的出版，给我带来了可以重新从事创作的信号。

其后的一段时间里，我写作了许多散文和杂文。这些作品，得到了众多作家和社会名人的赞许，也赢得了读者喜爱和社会关注。

183

之后，我被《北京文学》社长、当时的执行副主编章德宁选中，成为《北京文学》月刊社的编辑。

2002年的时候，全国的文学期刊很不景气，可以说是一片沉闷，普遍处于维持、坚守状态，文学期刊，似乎进入了冰河期。为了寻找更为宽泛的文学发展空间，给文学期刊注入活力，这一年十月中旬，章德宁社长提出大胆的策划，要创办一本文学选刊。我被选参与创刊工作，成为主要创办人之一，并为这本新选刊提出了参考刊名《中篇小说月报》。这个刊名，最终被章德宁社长批准成为现在的《北京文学·中篇小说月报》。作为创刊的主要参与人，我对这本选刊，投入了几乎全部精力。通过这本选刊的筹备，出刊的全部经历，我知道了一本文学刊物的创办、编辑和发展是多么不容易。从报批，搜寻资料，研究文学期刊现状，为刊物内容定位，到封面、版式设计，联络文学期刊和作家，甚至所用字体、字号等每一个步骤，每一个细小的环节，章德宁都会关注到，都要求做到最好，绝不允许一丝马虎。在这个过程里，我从她的工作中，学会了怎样做编辑，怎样做一个合格的文学编辑。在筹备创刊期间，许多许多昼夜无眠的日子，章德宁社长与我们几个编辑，还有为我们排版的文化公司的小伙子们，都是在工作中看着太阳升起，升起，又升起！白天不停地奔走寻找资料，晚上就进行创刊号的选稿、设计与编排。2003年1月，仅仅经过了两个多月时间的筹备和编辑，《北京文学·中篇小说月报》正式出版创刊号。

这本新创选刊的编辑与设计，没有按照文学期刊的传统编

辑方式去做，它被我们赋予了更多的文学和文化符号，它版式新颖、活泼，每一点，每一页，都洋溢着文学的动态，充满页面的多种新创意，让人在阅读小说文本的同时，还看到了文学的活力，看到了文学刊物也可以借助现代科技和媒体，理直气壮地张扬它的文学主张！它的出刊，还为各个文学期刊的设计理念带来更多角度的思考，提供了超越已有设计、版式的参考模式。

当我们把这本刊物的创刊号拿在手里的时候，兴奋的心情之外，就是对它未来的担心。当时我们是在兴奋中忐忑不安，因为曾有许多作家朋友断言，此刊销量不会好，它的寿命，短则半年，长了也不会超过一年。

不知道这样的预言是否具有魔力，在我们选刊创刊仅仅三期的时候，就遭遇了高传染性"非典"疾病的恐怖袭击，北京一下子变得冷冷清清，全国各地的人也不愿意购买出自北京的东西，我们选刊的销量急剧下降，"狼"真的来了！在这突如其来的艰难日子中，我们没有放弃编辑这本新的选刊，因为一旦停下来，就怕它一蹶不振，真的应了那个预言。当时，章德宁社长以身作则，和我们一起坚持工作，几乎没有休息过一天，《北京文学·中篇小说月报》在那个非常时期，也没有空停一期。

这本选刊，在渡过了"非典"带来的非常艰难后，迅速发展起来，销量迅速地不断攀升。它的版式和内容，不仅得到全国读者的好评，选文质量也被文学界同人认可。作为编辑这个刊物的编辑部主任，我为此颇感欣慰，因为这本刊物的成功，融入了我对文学的热爱，也融入了我的智慧和精力，可以说这本刊物的字里行间，流淌着我的心血。

在选刊创刊后的紧张编辑工作中，我接到了蓝天出版社编著《中国现当代文学大师与名家丛书·王蒙卷》的约稿信。我知道这是一种考验，是一种挑战，一方面是新创刊物的编辑工作，一方面是自己的文学创作，哪个也不能耽误，哪个都必须做好，尤其是刊物的编辑工作，绝不能有丁点儿疏忽。这本新的文学选刊，所承载的不仅仅是我们的希望，更是读者的希望，我们必须以最快的速度，整合最新最好的中篇小说奉献给读者。

我就是在这样的想法和状况中，进行了《中国现当代文学大师与名家丛书·王蒙卷》的写作。这绝对不是件轻松的工作，在紧张的编刊过程中，我利用业余时间，查阅了大量有关王蒙的资料，系统地重读了王蒙的全部作品，了解了他的生活和创作经历，并从文学理论的高度，总结了他的文学创作成就，较为清晰和客观地做出了评价。《中国现当代文学大师与名家丛书·王蒙卷》出版后，作为介绍、研究当代著名作家王蒙先生的重要文献资料，受到了读者的喜爱，全国各大学中文系及图书馆纷纷收藏。

在编辑工作中，我体会到，文学刊物的编辑对作者的重要性，对文学作品的重要性。我们选刊编辑，不同于原创刊的编辑，他们是发现作家，发现作品，繁荣文学创作；我们是发现好作品，给作家加油，为作家们构筑通向更高层次的桥梁。最

重要的是，文学选刊还担负着整合文学理念，沟通文学期刊间的信息，拓展原创文学刊物的舞台，为文学期刊和作家提供可参考的文学动态信息的责任。

如果把原创期刊比为作家们表演的文学大舞台，那么，我们选刊就是一张蹦床。我们要在作家中，发现更具天赋的作家和更好的文学作品，供他们在这张蹦床上翻腾跳跃，为中国文学添彩。与此同时，我们借助选刊的发行优势，专门设置了《中国文学期刊巡礼》的栏目，详细介绍、宣传原创文学刊物，让更多的读者从我们这里，了解各个原创文学刊物的成就、文学主张和办刊宗旨和发行方式，使更多的读者，通过我们知道他们，以达到文学选刊与原创刊文学刊物互动和共同发展的目的。由《北京文学·中篇小说月报》倡议举办的"全国中篇小说论坛暨文学期刊社长、主编论坛"，到目前已经成功地举办了三届，这个论坛使全国文学期刊的领导、编辑，有机会聚在一起互相交流办刊经验，探讨文学创作的走向，在进行中篇小说研讨的同时，还起到了沟通文学信息，增加文学期刊间的友谊的目的。

《北京文学·中篇小说月报》创刊近五年来，我们选发了大量优秀的中篇小说，曾集中刊发了许多作家的中篇小说，为他们的创作旺势，添了把柴火。我在选稿中，严格按照文本质量和文学价值审稿，在为新作家提供机会的同时，也时刻关注着名家的作品，绝不漏过一篇好小说。

我曾经在《北京文学·中篇小说月报》的博客上写道："张

扬文学的纯粹，不惜将心血结晶付诸一炬的坚持！"这句话，也是我从事文学创作和文学编辑工作的鞭策！

2007 年 10 月

刊发于《星火》2008 年第 1 期